司马辽太郎
1923—1996

毕业于大阪外国语学校,原名福田定一,笔名取自"远不及司马迁"之意,代表作包括《龙马奔走》《燃烧吧!剑》《新选组血风录》《国盗物语》《丰臣家的人们》《坂上之云》等。司马辽太郎曾以《枭之城》夺得第42届直木奖,此后更有多部作品获奖,是当今日本大众类文学巨匠,也是日本最受欢迎的国民级作家。

司马辽太郎作品集
SHIBA RYOTARO WORKS

[日]司马辽太郎——著
周晓晴——译

风神之门【下】

しばりょうたろう
SHIBA RYOTARO WORKS
風神の門

重庆出版集团 重庆出版社

蛐蛐儿斩

第三天,他们抵达了参州冈崎。

走下号称东海道最大的矢矧之桥,左面的那座城池,就是冈崎五万石的本多家居城。

三人并未直接朝城下去,而是下了桥往右转又走了五丁路,来到一座叫西福寺的门徒寺前。

"真是百闻不如一见。早就听说三河的门徒寺规模不小,没想到竟跟一座城差不多大。"

门徒宗是战国末期才悄然兴起的庞大新宗教。也被称作一向宗、净土真宗、真宗或本愿寺宗等。

其开山鼻祖是亲鸾。这个生活于镰仓时代的传说般的人物,在世时几乎默默无闻。然而就在其死去两百年之后,第八世的莲如大兴法统,为扩张势力而引武力入宗,与战国群豪一争高下。

直到如今,各地分寺的结构都还残留着类似小城郭的影子。这座西福寺自然也不例外。寺庙被石垒与高墙围得严严实实,四周凿有护渠,外墙处还修有一种被称为太鼓橹[1]

的瞭望用工事。

"这里就是我们今晚留宿的地方?"

听到才藏问起,佐助面露得意之色:"这座法城其实是大坂的甲贺忍者在海道上的据点。"

"据点?"

"寺庙的住持西念法师曾受过丰臣家恩惠,他把寺庙借给了我们。"

"可别又重蹈海濑良玄的覆辙啊。和尚和医生,都是些要防着点的人。"

"不用担心啦。"

"佐助你就是人太好了。"

"人好又不是坏事。都像才藏一样见人就起疑,还干什么事儿啊。"

"用人必疑,是伊贺自古的风习,又不只有我才如此。"

跟随方丈入寺,与西念寒暄了一阵,三人作为上宾受到了优厚的款待。西念是一位矮个的老僧,年纪七十上下,看来的确十分面善。

"寺庙里上上下下,尽管差遣使用。就算事态暴露,遭了德川方的处刑,我这条老命也没什么好怜惜的。"

西念离开后,佐助才开了口:"明晚,我会把二十个海道沿途的甲贺忍者召集过来。距家康隐居的骏府城越来越近,是时候制定潜入城中的计划了。"

"这一天终于要来了。"

"冈崎以东,就是敌方的阵地啦。"佐助一本正经地看着才藏,煞有介事地说,"今夜,你就与小若姑娘好好说上一晚枕边秘话吧。"

"好你个佐助,竟然拿我取乐。"才藏脸一黑,"我和小若姑娘只是在路上假扮夫妻。仅此而已。"

"我说雾隐才藏啊,"佐助竟难得地露出了严肃的表情,"夫妻可不是扮出来的,若非山盟海誓身心结合的两人,一个眼神或一个动作都会露了马脚。是吧?小若姑娘。"

才藏与小若在小沙弥的带领下,走进本堂后面的一间别室。谁知房间里却只铺了一副被褥。

"小若姑娘,你就睡这儿吧。"

小若莞尔道:"那才藏大人你呢?"

"我在哪儿不能睡?"

"真是让人为难呢。"

"这又怎么说?"

"你就这么怕小若?该不会是有什么隐情,让你无法与小若结合吧?比如……"

"比如?"

"心有所属……一类的。"那双注视着才藏的眼睛，竟与阿国惊人的相似。

"正巧有件事想问问你。"才藏顺势改变了话题，"你和隐岐殿的侍女阿国是同父异母的姐妹，是吧？"

"是的。"

"你知道你姐姐阿国与关东勾结的事吗？"

"关于此事，我已经从佐助大人那里听说了。真是没想到啊。"嘴上这么说，脸色却无丝毫变化。

"阿国私通关东，你身为她妹妹，照理说也该是被怀疑的对象啊。看你安之若素的样子，恐怕有什么内情吧。"

"呵呵呵……阿国姐姐与我的关系，只有佐助大人知道，连隐岐殿都被蒙在鼓里呢。这天下又有谁会去怀疑一件自己根本就不知道的事儿呢？"

原来小若的生父——甲贺的望月喜太夫，亦曾是已故太阁身边的忍者。

喜太夫逗留于伏见城下的拜领屋敷时，与一个叫几野的秀吉家侍女私通，还让她有了身孕。

几野是右笔佐治助右卫门的女儿，当她知道自己怀孕后，便称病请辞回了家。

虽然后来助右卫门几度问起腹中之子父亲的身份，但都无果而终。几野产下阿国后没多久，就带着这个秘密离开了人世。

助右卫门夫妇无奈，只得将阿国当作自己的孩子养大，而阿国在成长过程中也从未怀疑过自己的身世。助右卫门死后，她就被送到与亡父交好的大野修理（治长）家中，成了修理之妹隐岐殿的侍女……

"也就是说阿国至今都不知道自己的生父是谁，以及与你是姐妹的事情啰？"

"不，其实我们的父亲望月喜太夫在那之后曾见过阿国，偷偷将实情告诉了她。"

"喜太夫如今住在甲贺吗？"

"是的。"

"他还好吗？"

"他自称还能一日长驱二十里呢。眼下也差遣着下忍做一些间谍工作。"

"我算是明白了。"

"什么意思？"

"事情其实很简单。你们的父亲望月喜太夫，把自己的两个女儿一个卖给了关东，一个卖给了大坂。"

"既然你都看透到了这个份儿上，那小若更不能离开才藏大人了。还望你做好精神准备。"

"准备?"才藏一脸不解地望着小若。

"才藏大人可是伊贺的忍者。如今甲贺的秘密被伊贺人知道了,又怎会无动于衷呢?所以,才藏大人你就只有让我成为你的女人这一条路可以走了。"

"想不到啊想不到。我没要求你说出秘密哦。你一厢情愿吐露了实情,又让我来为你善后,我的立场何在?"

"那……"小若突然露出了恶作剧中的小男孩般的表情,"伤脑筋呢。原本我提起此事之时,根本没有想得那么深入。就像佐助大人说的那样,不过就想在去往骏府的途中与你扮作夫妻罢了。"

"此话当真?"

"当然是真的。"

"哎呀呀,你们甲贺的女人实在可怕!"才藏完全猜不透她到底有什么企图,心里打的又是什么主意。他着实不想与这女人打什么交道。

那夜,才藏离开房间后,就没有再回去。

"呵?"佐助一早来到房间,看了看四周,"怎么,昨晚是你一个人睡下的?"

"看来小若的能力还不够呢。"

"才藏心里还是有所警惕吧。伊贺人的心真难琢磨。"

佐助有些不安。眼下才藏与他们之间的关系,完全只依靠着与佐助的友情。才藏与佐助不同,他既未臣服于真田幸村,更没有承过丰臣家的恩义。仅仅因为"想干一场大事",就带着一身伊贺忍者特有的霸气,接下了潜入骏府城这般骇人听闻的严峻任务。

"小若姑娘,不是说女人的头发可拴象么。无论如何在下也希望你能与才藏有更深的结合啊。"

"才藏大人心里一定是有人了。"

"你想多了。这世上哪有能迷住伊贺忍者的女人。要真有,也只能是你小若姑娘呀。"

"呵呵,佐助大人说得倒轻松。"

"有什么不对吗?"

"佐助大人你是不谙男女之事啊……"

"无可反驳。"佐助苦笑。

这时,从两人膝下的地面下方,传来咚咚咚三声响。佐助回应般地用食指在地板上弹了两下,声音所在的那块榻榻米便应声而起,从下面露出一张人脸来。正是佐助手下的甲贺忍者。

半露在榻榻米与地板间隙里的那张脸说:"已将晴海入道大人从龟山城牢狱中劫出,现在人就在宅子外面,请下令。"

"入道?"佐助似乎有些为难。虽然他让人从龟山城救出了入道,可接下来到骏府这一路上,他再也不愿与那豪迈不羁的男人同行。

"万一又因为那人搞砸了重要的任务,就得不偿失了。把他赶回九度山去吧。"

"是!"

佐助突然止住那张正欲消失的脸,补充道:"记得不能失了礼节。入道为人乖僻,切记怠慢不得。要让他回去,却不能得罪了他。"

"遵命。在下会委婉地将他赶回去的。"

榻榻米落下的同时,拉门被打开了。来人正是三好晴海入道。

"佐助!我全听到了!委婉地赶走我是什么意思?我也是有尊严的!若是不去骏府城好好立上一功,你让我武士的颜面往哪儿搁!"

"慢,慢着!"

"我什么借口都不想听!你刚刚在背后说那些坏话,敢不敢当着我再说一次!信不信我就用这法杖把你骨头都给敲碎啰?"

"实,实在抱歉。"

"我才不想听你道什么歉!我是让你带上我一起去骏府!

有我以一敌十的实力,一定能派上用场!"

"你就饶了我吧。这之后的工作,偏偏就不适合像你这样万夫不挡的勇士大人呐。后面的事就交给我们这些忍者如何?"

"让我去骏府的可是大人!倘若只到了冈崎就觍着脸回去,除了切腹我便无路可走了。佐助,你是想逼得我入道切腹吗?"

话已至此,老好人佐助又怎好再开口让他回去。

"真是没辙了。那就一起上路吧!"

"对了,这才像佐助说的话嘛。"乐不可支的入道突然瞥到旁边的小若,"真是美人呐!你叫做什么?"

"小若。"

"我是三好晴海!你是佐助的女人?"

"不是。"

"那……就是才藏的情人了。"

"我是雾隐才藏的妻子。"

"说什么胡话!那才藏可是伊贺的人!伊贺忍者怎么会有老婆!我看你就是城下的游女吧。来,让我拉拉你的手!"

入道一抓住小若的手,就发出了"呃呃"的呻吟,脸色变得乌青,额头上也冒出大颗的汗珠。

"入道大人。请你老实点儿。只要乖乖地,我就放开你。"

小若反手拧住入道的小手指,一脸微笑地看着他。

那天傍晚日落之后,小若如了厕正打算回房。当她走过回廊的时候,猛地察觉到有什么动静,便看向了庭院的方向。

(……)一切并无异样。五座点景石静静地伫立在漆黑之中的树丛里。两座竖着,三座横着,与白天所见没有区别。只是那些石头的影子,却有些过于浓重了。

小若目不转睛地盯着那几座石头。终于,五座石头竟然都缓缓动了起来。从石头背后走出五个穿着忍者装束的甲贺忍者。他们像残影一样穿过庭院,来到小若跟前默默向小若注目行礼。看样子他们都知道小若是甲贺望月家的女儿。

其中一个开口道:"小若小姐。佐助大人是否在此?"

小若点了点头问:"其他人呢?"

"大家以三人或五人的小队从海道上的各个驿站动身赶来,免不了会有人到得迟一些。"

"你的忍名是?"

"在下是潜伏于骏府城下的小石之又次。"

"辛苦了。又次。"

"……那么告辞……"话音未落,人影并未走上窄廊,而是嗖的几下钻入了地板。他们打算从地板下面抬起榻榻米，进入佐助的房间。看样子他们并不想让这家寺庙的住持或家人发现自己。

没过多久，前方的外墙上又冒出三条人影，无声无息地跃入宅内。

……此刻佐助的房间里，聚集着二十名甲贺忍者。当众人都落座后，才藏若无其事地开门走了进来。

"哟，才藏。我还在琢磨你去哪儿了呢。"佐助欣喜地说道，"昨天听说你一宿都没回屋。"

"我在本堂那尊阿弥陀佛背后凑合了一晚上。"

小若一脸（罢了）的表情瞥了瞥才藏。

佐助连忙向其他人介绍："这位就是伊贺的雾隐才藏。大家互相熟识下，不要有太多顾虑。这一路上他会以阿苏大宫司家的家臣斋藤缝殿的化名行动，小若姑娘会假扮其内人。我呢，就是他们的随从。都听明白了吗？"

全体默默地点了点头。

"对了，骏府的大御所现在城中吗？"

"在的。"

"身体如何？"

"据说连伤风都与他无缘。时不时，还会带着军队出门鹰猎呐。"

"呵！七十多的老翁了。"

"只要没有亲眼看到丰臣家灭亡，无论如何他也要撑下去吧。"

"如此一来，问题就是刺杀大御所的时机了。是在鹰猎的时候动手，还是潜入城中暗杀更妥？他出去鹰猎的时候，一般会带上多少人？"

"这个嘛……除去势子，单武士就有五百人。"

"五百人？还真是戒备森严呢。看来果然只有靠忍者的老手段，趁夜潜入他的睡房这个法子了吧。"

"佐助大人请看。这是骏府城的略图。"小石之又次拿出一张图纸铺在佐助面前。

当然，这张图并不完整。城内构造主要靠的是还原搜集来的信息，以及从城外眺望所见后，再运用忍者独有的"城入"方面的知识想象出来的，因此还留有不少空白。

"大御所的寝室在哪儿？"

"这个嘛，应该是本丸城郭内的这个桔梗殿吧。"

"桔梗殿？骏府城里有这个殿吗？"

"不，这是在下取的，据传言位置大概就在这一带……"说着又次指了指图上的一块，继续说，"说是这里有一个大林泉（庭院），寝殿就在池的周围。据说这庭院的一角种有奥州的桔梗，所以在下才取了这个名字。能配得上大御所寝殿的，也只有这里了。"

"不过图上并没画出通向桔梗殿的道路，就算我们成功潜入了，要怎么才能准确地找到这里呢？"

"佐助，容我插一句……"才藏打断佐助，"有这幅图不就足够了么。剩下的就是先设法潜入，然后自己去摸索。虽然这样一来，恐怕得在城里潜伏上十天，不过毕竟咱们的目的不是完成图纸，而是取家康的性命。只有先试着潜进去再说。"

"你这么说我就放心了。"佐助眯了眯眼睛，"凭我们甲贺忍者的本领，绘制出这样的图纸已经到极限了。再往后就得仰赖你的本事。既然你这么说，我没什么好操心的了。"

"佐助你个油嘴滑舌的。我可不吃你这一套哦。"这种称赞看来对才藏十分受用。

"哪里，都是发自肺腑的大实话。"

之后，他们又对联络的方式、忍具的准备和潜入后的食粮筹措进行了详细的谈论。集会约莫在一刻后才结束。临散前，又次再次发言：

"有一个问题在下实在有些担忧。"

"怎么？"佐助一脸淡定地看向他。

"听说大御所手下的忍者狮子王院也在骏府城里。"

"什么！狮子王院？"佐助面色一沉，"为什么不早说！

那个狮子王院可是能够独自攻下小城的忍者啊。消息准确吗?"

狮子王院原本是甲斐武田信玄家的忍者,武田家灭亡后,有人说他死了,也有传言说他隐居在信州户隐山一带。他虽身为忍者,却没人知道他属于伊贺还是甲贺,据说根本就没人见过他的真面目。他犹如一个传说,其高明的本领也在忍者之间广为传公颂。

"他投靠家康了?"佐助眼里难得地露出了一丝惧色。

"才藏,这下事情难办了。"佐助看向才藏,"那个叫狮子王院的忍者,过去曾被称作甲斐的怪人。有他在大御所身边,方才定下的那些潜入计划,估计得全盘打消,再从长计议。"

"传言是真的么?我听说他在武田灭亡后就隐居户隐山了呀。"

"完全有可能。武田家可是曾被誉为日本第一的武勇之家,听说大御所招揽了不少武田遗臣,把狮子王院从信州户隐山招到骏府城也绝非不可能。"

"佐助,难不成就因为听到有狮子王院护着家康,你就打算收手了?"

"当然不是,只是觉得有些出乎意料。"

"那你还怕什么。先把那个狮子王院杀掉不就得了？"

"这，这件事才藏你能办到？"

"不知道。不过除了试试，也别无他法了。可若是在摸不清底细的城里和狮子王院狭路相逢，那当真是毫无胜算的。"

"啊！"

"没什么好惊讶的。只要在城外，我们还可以做做手脚。你那儿有纸吗？"

"噢，只要纸就可以了？"

"现在我想把这纸满满地涂上群青色一类的颜料。能马上找来吗？"

没多久，东西准备好了。

才藏用笔沾满了墨水，在纸上写了一个"卍"。

"噢，这就是才藏你的忍印了？"

忍者都有各自的忍印。比如猿飞佐助的忍印就是在深红色的纸上写的"申"。申，亦是十二干支中的猴子的意思。

其中也有一些忍者的印不是文字，而是画。

从流传下来的一些资料上看，这些画可以是鲫鱼、人的左耳、小手指、雨蛙等等。忍者在潜入城下时，会将其贴在町内一角，用来告知一同潜入的同伴自己已经先走一步。

而才藏的印，即是群青色纸上写的"卍"了。

"狮子王院那般的忍者，想必一定知道这群青色上的'卍'就是我的忍印。把这个拿去，趁夜贴在骏府城大手门桥边。"

"然后?"

"狮子王院应该明白这是向他挑战的信号。至少他会发现雾隐才藏已经到了骏府城下，正在策谋着什么活动才是。"

"让他发现之后呢?"

"当然是设法杀了我。"

"于是?"

"狮子王院这样的人，一定会不择手段地将我找出来，然后除之后快。"

佐助点了点头，回应道："这样就正中你下怀是吧?"

"不错。倒省得我们去找他了。"

"但如果狮子王院的本领在你之上，你又怎么办?"

"大不了就被杀了呗。"

佐助倒抽了一口凉气，沉默片刻后问才藏："你这家伙难道无所谓?"

"要没这觉悟，哪儿做得了忍者? 现在就是开玩笑，我也能立马死给你看。"

"连开玩笑也行?"

看着佐助瞠目结舌的表情，才藏双眉颦蹙。

"我可没有戏弄你的意思。你不也是吗？没有为游戏而死之心的人，哪能算得上忍者？忍者与武士的区别，不就在于有此心或无此心嘛。"

"死亦如戏，生亦如戏，是这个意思吧？"

"没错，佐助你领悟得挺快嘛。"才藏拍了拍佐助的肩膀。

如此放得开的一个动作，在这个男人身上是难以见到的。大概因为有狮子王院这个强敌当前，连才藏也无法抑制住高亢的情绪吧。

翌日，才藏出发离开了冈崎。

海道上万里无云，秋高气爽，风中夹着潮水的咸味。扮成才藏妻子的小若似乎有些疲惫了，作为家臣的佐助刻意配合着她的步子行走。

晴海则假扮成路上偶遇的行脚僧。

才藏戴着深编笠，走在众人前面。

"佐助，那家伙……"入道用下巴指了指才藏，"真是个人物啊。你看他走路的背影，一步一步踏踏实实，沉沉甸甸，一看就不简单。"

"那我呢？"

"你？轻飘飘的。站在才藏身边这么一比，怎么看都只像个平凡的武家奉公人，或是江湖艺人，风一吹，就没了。"

佐助扑哧一笑。

"怎么？我说的哪里不对？"

"可那偏偏就是他的缺点啊。才藏浑身上下透露出来的那种分量，给人感觉就像个兵法者。然而忍者恰恰应当如风、如烟，最忌讳的就是显眼。"

"不过佐助大人……"小若在一旁打断道，"才藏大人难道不是为了引出狮子王院，才刻意行事高调，让旁人一眼就能认出他是伊贺的雾隐才藏么？"

此时，一个飞脚模样的男人与他们擦身而过。佐助一眼就看出他是忍者。

"入道大人，千万别回头！方才那人正停下脚步，从背后观察我们呢。"

"就快进入敌阵了啊。"

"也不知还能不能活着回去。"佐助的声音，听起来阴沉沉的。

四人抵达冈部之宿时，日头还高。

才藏刚舒坦地躺下，佐助就走进了他的房间。

"看来狮子王院的爪牙伸得挺远。这一路过来我已经瞧见好几个可疑的人。本地的甲贺忍者那儿也传来了类似的报告。"

"狮子王院估计已经察觉我们这一行人的动向了吧。"

"应该是了。"

"哼。"

"才藏,接下来怎么做?"

"这个嘛……"才藏抄着手,望着窗外只能瞥见一小部分的宇津谷岭。

这条山岭位于连接箱根与东海道的险要位置。岭路全长二里,十分狭窄,勉强能容得下一匹马通过。山岭间树木繁密,遮天蔽日,就是白天也十分阴暗。

相传由平安时代的在原业平所著《伊势物语》中,也有类似的描写——

继续上路行至骏河之国。宇津山下,但见此后即将步入的山路上,树木繁茂,天光阴暗,道路渐渐狭小,且茑萝藤蔓繁生,使人不知不觉地胆怯起来……

"……"

不论是过去还是现在,不变的,是宇津谷岭的可怕之处。

"只要翻过那个山岭,就能走到丸子(鞠子)、骏府去。山岭成了骏府城西面的一座自然屏障。加之山岭内道路狭窄,如果我是狮子王院的话,应该会设法在山岭里将对方来个瓮中捉鳖吧。"

"原来如此，的确可以这么想。"

"佐助，要过那山岭难道没有其他的路?"

"若是从原路绕到朝比奈方向的话，倒是有樵夫日常通行的捷径。不过才藏，难道你想避开这个山岭逃走吗?"

"我自然不会逃。我打算与你们分头行动，今晚独自去闯这山岭上的夜路。然后把一路上来找我麻烦的狮子王院手下杀得个片甲不留。"

"你不带上我?"

"我一个人就行。毕竟是在夜里，我要斩尽所有出现的人影，带上人反而不方便。我们同时上路，你走另外那条道，在山岭的另一面找地方会合吧。"

"明白了。山里有一个叫牧之谷的樵村，村落上面的山峰上有一座荒寺，我们就在那里等你。"

"好的。对了……"才藏朝旁边的房间使了使眼色，然后故意大声地说，"晴海入道和小若姑娘的话，就把他们扔在这里便是!"

"……"看来入道是听到了，很快就听他慌慌张张的脚步声响起，人也应声冲进了才藏的房间。

"喂! 才藏!"刚一嚷嚷他就愣在了原地。不过一会儿的工夫，才藏和佐助竟然像烟似的没了踪影。

夜晚的星空下。

才藏跨上佐助手下的甲贺忍者为他备好的马，单影如飞地往山岭上奔去。

伊贺有一种忍术叫做"夜马之法"。才藏穿梭于两侧杉树纵横交错的枝丫之下。每当他扬起马鞭，就有什么东西从他面前应声落下。

那是山中的鼯鼠。这座山里有不少鼯鼠栖息，想是被才藏马蹄所惊，接二连三地从枝头上滑翔而过。时不时有一两只朝着才藏的脸贴上去，都被他扬鞭打了下来。

也不知是第几次了，当一只鼯鼠又向才藏袭来的时候，才藏夹紧马鞍将手中马鞭一扔，抽出腰间佩刀将其劈成了两半。

（终于出现了。）狮子王院的忍者。

他们利用滑翔的鼯鼠来迷惑才藏的视线，蹲在路旁枝丫上的人则找准时机，像鼯鼠一样飞了出去。浮空之中，瞄准的却是马上才藏的性命。

（伊贺和甲贺可没有这样的忍术！）狮子王院的出身更加扑朔迷离了。

才藏继续让马蹄声踩得噔噔响，就是为了引来更多的敌人。

突然，才藏只觉得眼前一亮，就见一个米俵[2]大小的火团出现在杉树之间。那火团在黑暗的空中忽上忽下地翻滚着，径直向才藏逼近。

（这火是幻术？）可就算才藏排除了杂念，也不见那火消失，就是闭上了眼，那团光都会透过眼皮照进眼底。着实怪异。

（真是莫名其妙的恶作剧。）这样的术法在伊贺甲贺也是没有的。

才藏打定主意当作没看见。要是自己一直被它吸引住视线，免不得会让敌人有机可乘。那团火到了才藏面前，开始左蹦右跳。才藏加快了脚程。火团终于被他抛在了身后，但又迅速追了上来。

才藏扬鞭，猛地踹了一下马肚子，马蹄在坡道上扬起尘埃，骏马飞奔而下。

然而，此刻马上却已没了才藏的身影。他飞身下马后立即匍匐在地，只任凭马儿独自向前跑去。

只见原本漂浮在空中的火团突然下坠，罩在了马的头上。马儿顿时发出一声悲鸣，高高地抬起前蹄。

这下，才藏终于看清右边的林木上，有一条人影从枝头飞蹿而过。恐怕将火团绑在长杆上，让人产生火在黑暗中浮游假象的，就是这个人了。

（不用说，这样的术法，伊贺还是没有的。）

才藏心念一动，右手拽紧了十字手里剑，左手张开成掌，"邦！"的一声拍在地面，只见他的身体在虚空之中应声弹起，高高地落在一棵老杉树的树枝上。

而他在地面时就投出的手里剑，此刻已经穿过道路对面的树丛，击中了那个在树颠上前进的人影。

至于他的马……早就跑远了。由于马鞍上绑着一捆用黑布裹起来的干草，想必敌人把它误认作了才藏吧。如此一来，至少能稍稍迷惑敌人一阵。

这就是才藏的御敌之术。敌在暗，我在明。若不能利用混乱让敌人做出更大的动作，就很难找准出手时机。

（接下来就考验耐心了。）才藏靠在树杈上静静地等待。

被他用十字手里剑射杀的黑影，就掉在与他所在的树间隔十间的地方。而一旁，则是那人原本举在手中的火团。如今火已燃尽，只剩缕缕青烟。

（虽然此人被我杀掉，但也不得不承认，一边舞动火焰，不断地从一个枝头飞到另一个枝头的本领，不是半吊子忍者学得来的。）

应该称之为鼯鼠之术吗？这时，才藏猛然想起关东忍者之中，还有一群叫作风魔的血族集团。

连身为伊贺忍者的才藏，也从未见过他们的本尊。据说他们擅长在树颠上飞跃的忍术,曾经有传闻说,大军误入山林后,被一小拨风魔忍者所困,最终只得丢盔弃甲逃之夭夭。

(于是……那个叫狮子王院的神秘忍者,是风魔的人?)等才藏回过神来,发现有一个小个子人影靠近了路上的那具尸体。

(看来是那家伙的同伙了。)那黑影确认了周围并无危险后,跨上尸体,一下子就把人头削了下来。

(这是风魔的习俗,为的是避免长相暴露。)黑影以惊人的速度将人头埋在山的斜坡上,正准备溜走。

终究还是才藏快了一步。只见才藏飞身跳到黑影头上,大刀一晃……黑影倒下的同时,才藏已经朝着山岭的方向奔出了百步有余。

"风魔!"才藏朗声大喊,"出来吧!伊贺的雾隐才藏就在这儿!要想与伊贺的忍术决个高低的话,就洗干净脖子给我出来!"

无风的夜晚,才藏的声音却像风一样飘了出去,周围林木的树梢仿如与之回应般,发出被风吹动时的窸窣声。

两道人影自星空落下。才藏闭上双眼,向前后两方挥刀斩去。收刀之时,原地亦没了才藏的影子。

才藏消失的路上，只剩下两具尸体相对扑倒在地。

一匹风魔……从树上跳下，靠近尸体。那非人类的速度，只能以匹来形容了。没过多久，风魔的群体增加到了六人。其中一人照旧割下了同伴的头。而其他人则背朝背围成一个圆阵，警惕四方动向。

从周围树丛中巢鸟骚动来看，应该还有不少风魔潜伏在树颠。

亦或巢鸟就是风魔？风魔就是巢鸟？

才藏大着胆子躲在距离人群只有二十步的石崖背后，屏住了呼吸。

气绝之术是伊贺自古传下来的传统技艺之一。首先，默念隐形咒排除杂念，同时慢慢屏住呼吸，最终达到将丝绸屑置于鼻前也不会有微动的地步。

风魔们自然没有发现才藏的存在。

"人跑哪里去了？"声音很低，但才藏还是听到了。那是一种他从未听过的口音。甚至根本不像和语，倒更似韩语一些。

关于风魔的背景来历存在争议。有说他们出身于乱破或水破那样的野伏[3]集团，修行忍术。但另一种传闻却截然不同。

说是在战国时代的某个时期，一群来自朝鲜或大陆的流浪者集团因没有栖身的土地，做不了百姓，便以亲族为单位流浪各处卖艺为生。后来，其中一族因身怀幻术与忍术技法受到各方部将雇佣，最终形成了如今的风魔。

不过对才藏来说，对方的来历无关紧要。眼下他的心里只有一件事，那就是屠尽爪牙，以孤立身为首领的狮子王院，然后以他的尸骸为踏板，潜入骏府城。

（六个人……）才藏用眼睛点着路上风魔的人数。（现在的话，只须一击！）这一点毋庸置疑，然而要怎样防范头顶上那群风魔，他却毫无头绪。或许地上这六人只不过是诱饵。

"把火点起来！"

过了一会儿，一个风魔命令其余五人。不多时，路上就燃起了一团篝火。也不知他们是不是浇了油，总之火焰有些异样。

"扔出去！"随着一声令下，风魔们将浸油的柴火向远处扔去。柴火划了一个优美的弧度，落到了地上。

他们扔出去的不止一两根，而是每隔三间就在地上留下一团火。转瞬间，一条长两町的山路，就被照得通亮。

（这是什么意思？）才藏也迷糊了。

这么说来，似乎也听说过风魔一族擅长火术。看来事实的确如此。

在才藏眼里，他们用火的行为简直就像幻术一般。路上那六个围着大篝火的风魔，以篝火为母火，不停地将子火抛向远处。

（而且……）才藏愕然地看着那一团团落向地面的子火。也不知其中藏了什么玄机，那些子火在落地的瞬间，火势便蓦地旺起来。

（看来那决非普通的柴火。里面一定有什么机关。）

（是沾了火硝？还是将柴火掏成中空，再在里面灌上浸了油的布？）

才藏看着那些火，竟生出一种在观赏天竺国的火宴的感觉。

火一团接一团地向漆黑的空中飞去，落下的火把扬起火星，熊熊火势让四周的轮廓渐渐明晰起来。

一团子火落到才藏脚边。（糟糕！）哪里还容得他在一边看热闹。风魔们当然不是因为好玩才燃起这把梦幻火。他们的目的，正是用火让黑暗中的才藏显身。

（这下如何是好啊。）才藏一时间也想不出办法。这时，他正将身体紧贴在山崖上的一处凹陷中。（周围越来越亮了。）这样下去迟早会被发现的。

（没辙了。）才藏突然抬头看向林木的枝头。每一棵树上，都踞着一个风魔，每一个风魔的手中，都握着一把长手箭，每一把手箭的箭头，都指向树下。只要被发现，那就免不了被数箭齐袭的下场。

（这次，是我输了。）才藏无奈一笑，抬起双手拽住头上方的野草。

（不过，天无绝人之路！）一发力，身体就腾上了山崖。

（败给奇风异俗的风魔一族，是我才藏之耻。）面前是一棵杉树。才藏爬向树根，避开路上被照亮的一侧，蹲到树干背后的阴影中。

才藏双手贴上杉树树干。真是相当惊人的掌力。才藏交互向上的手掌就像吸盘，宛如夜露悄无声息地沾上枝干一般，将身体向树上带去。

粗大的树杈上，果然有一个风魔。

树杈上的风魔像猫头鹰一样蹲在那里。才藏隔着枝干，将右手伸向这人的脖子。（呃！）脸被狠狠压在枝干上的风魔无声地挣扎了几下，就断了气。

（死了吧。）才藏在大枝干上迅速换上风魔那身黑装束，再让尸体穿上自己的衣服，扔下了树。尸体以活人跳下般的姿势，扑通一声落到路上。

"喂！他现身了！"像是听到号令一般，数十支手箭同时从周围的树上向尸体射了出来。

尸体顷刻间便成了刺猬，当真是惨不忍睹。

"够了。"一个头目模样的风魔扬了扬手，一把抽出腰间的刀走向尸体。这时，树上的才藏举手"咻"的一声将手箭掷了出去。

手箭不偏不倚地刺入风魔头目的颈脖，又穿透身体从胸口飞出，在地上咯吱咯吱地转了好几圈。

"……"风魔头目口中发出了吐血一般的奇特声音，倒了下去。

才藏飞身落到地面，一边慢慢靠近尸体，一边对周围的风魔说道："是我啊。风魔一族。伊贺的雾隐才藏便是……"

"啊！"

趁着风魔们诧异的当儿，才藏手中的剑卷风出鞘。三个男人倒了下去，他们各自的右肩、腹部及左肩中刀喷血。

才藏一跃跳过大篝火，不顾身后不断有手箭射来。

两箭、三箭……

终于，飞来的第四箭擦着才藏的左腕飞过，使其皮开肉绽。

才藏按住伤口，嗅了嗅血的气味。

（糟糕……箭上有毒。）奔跑途中，他捡起燃烧的木柴，将其摁在伤口之上。一股皮肉烧焦后的怪异气味灌入鼻腔。

他一边处理,还得避开不停射来的手箭。

(中了风魔的招了……)

才藏身处在一片明亮之中。树上的风魔们,仿佛追击一头负伤的困兽一般,不停将手箭向他射来。

(没办法了,先逃吧。)才藏扔掉火把,用刀扫落飞来的手箭,蹬地跃起。

两间、三间、四间……终于,才藏的身影消失在被火照亮的山路上。然而才藏的体力也到了极限,手箭上的毒开始扩散。

之后,才藏独自在山中徘徊了很久。其间,他几乎没了意识。只是每当头上有鼯鼠飞过时,他会反射性地用刀将其砍下来。或许,那原本就不是鼯鼠,而是风魔。

再次睁开眼时,才藏睡在一座干草堆上。天已经亮了。

(完了……)才藏正欲跳起,却被一股力量压了回去。

"是谁!"

"是我,小若。风魔是不会在白天活动的,请你安心。"

"……"

才藏环视四周,发现只能感觉到微弱的光,看来竟然失明了。

"我,我瞎了?"他不禁高声叫道。

"大概因为你用沾有毒血的左手碰了脸，才会变成这样吧。好好清洗一番，想必不出一两日就会完全恢复的。"

"我为什么会在这儿？"

"你走后，我带上两个甲贺忍者离开丸子，偷偷尾随你而去。快天亮的时候，在山里发现了失去意识的你。"

"这是哪儿？"

"是个猎户小屋。"小若轻轻地握住了才藏的手。

才藏碰到小若的手腕，眉头紧锁。

"你穿着链甲？"

"是的。"

"你一个姑娘家，怎么会穿着忍者的装束！"

"小若自幼便跟随父亲修习忍术。比起姑娘家穿的小袖，小若倒是觉得这副打扮更适合自己呢。"

"真是没必要的消遣。"说着，才藏撑起身体。看来左腕的伤不重，弯曲自如，并无大碍。

"趁天色还亮，你赶紧下山去吧。要是你也受伤了就麻烦了。"

"我怎么能扔下受伤的才藏大人自己离开呢？"

"当我是伤员吗？"才藏故意瞪大眼睛，"这双眼睛再过不久总能恢复的。今晚我就在这里等风魔了。"

"真是……"

"我一定要把他们统统杀个片甲不留,然后会会那个风魔大将狮子王院!"

"真是天不怕地不怕啊。"

"事到如今,我雾隐才藏就是拼了这条命,也要把狮子王院给扳倒!恐怕连我在这座小屋里的事,风魔那边都了若指掌吧。日落之后,我会离开这里赶往牧之谷荒寺和佐助会合。狮子王院定会尾随着我,袭击荒寺。到时候就趁机杀了他!你先回去,把我刚才说的这些告诉佐助。"

"传话的事让甲贺的人去做便成了。我绝不会离开才藏大人半步!"

天黑后,才藏与小若一同走出了猎户小屋。

山笼罩在浓浓的黑暗之中。才藏吸了一口冰凉的夜气(风魔已经出动了吧……)。

树影之中、岩石之间、草丛之内,到处都是风魔锐利的目光。当然,这些都不是才藏用眼睛看到的。他只须用肌肤,就能感觉到杀气。

才藏搂着小若柔软的腰肢,左手抓着草根,向山脊上攀去。

"才藏大人,你的眼睛已经没关系了吗?"小若小声地问。

"差不多能看见了。不过这种漆黑的夜里,是用不着眼睛的。小若姑娘,既然我们现在已经身处敌人之中,那接下来你是受伤抑或死掉,我都不会救你的。明白吗?"

"小若可是甲贺望月家的女儿。这点觉悟自然是有的。"

"有志气!"

"请再抱紧我一点。"

"这样?"才藏故意高声问道,他依旧想利用声音将风魔引出来。

他们登上了山脊。西面的天空上已经能见到稀星点点。

"小若,果然还是害怕吧?"才藏发现她的身体在战抖。

"我怕……请再用力一点抱紧我!"尽管害怕,但身为女人却十分大胆。在这种有可能被风魔包围的情况下,小若竟然还在有意煽起才藏的情欲。

(真不愧是甲贺女忍者啊。)才藏也不禁感叹。

两人来到一棵高大的赤松边,小若靠在才藏的胸前。

"小若想在这里,被才藏大人抱着死去……"

"你还真是语不惊人死不休啊。"

"才藏大人,请你快一点,抱我……"小若将身体挤向才藏。

才藏一时兴起,将手探入了小若的胯间。果真有些湿润，没想到她说的竟然是真话。

（这是个什么样的女人啊！）

"你当真想在这里和我云雨一番？"

"对！我要让那些风魔们都看着，看着小若和才藏大人结合的样子。"

其实有一个风魔就跟在才藏身后，小若发现了他。想必她做出如此痴态，就是故意露出破绽，好引对方上钩吧。

"喏，就在……你背后。"她在才藏耳边轻声细语。

"我知道。"

风魔如风一般袭向才藏之时，才藏手中刀光一闪，一股热血喷在了赤松树根上。

"小若。"才藏收起刀。

"什么事？"

"你这女人，真是可怕。"

"忍者里，怎会有单纯的女子。"星光下，女忍者露出雪白的脖颈，无声一笑。

看来就算是风魔，到底也有些畏惧了。那之后不管才藏怎么设法引诱，都再没人敢上前。

天快亮的时候，两人到了牧之谷的山寺前。

"就是这儿了。"才藏抬头看着塌掉的山门。从荒废的程度来看，想必至少有二十来年没有僧人居住了。

候在本堂里的佐助一看到才藏就说："你命真大啊。"

才藏没有搭理他，环视了一下本堂，说："这寺庙不错。就把骏府城的忍者狮子王院引到这里来吧。佐助，附近有多少甲贺的人？"

"二十个。足够了吗？"

"够了。"才藏点了点头继续说道，"我听说天正年间，近江钩之阵[4]时，伊贺与甲贺曾经历过一场相杀恶战。这一回，恐怕会是继那次以来又一大规模的忍者合战了吧。"

"指挥就由才藏你来？"

"交给你了。让你手下的甲贺忍者陪那群风魔玩吧。我要做的只有一件事——杀掉狮子王院。只不过……"

"哦？"

"风魔擅长火术。他们出手恐怕就会把这里一把火给烧了。要是寺庙成了火海，就没有动手的余地了。你们务必小心。"

"这个，我心里有数。"佐助自信满满地回应道。

才藏躺下养精蓄锐。安稳绵长呼吸的间歇中，他轻轻地唤了小若的名字。小若闻声靠到他身边。

"今晚，或者明晚。这里会变成激战的地狱。你赶紧跑吧，去哪儿都行。现在就离开！"

又过了没多久,佐助走到才藏旁边。

"才藏,听得到吗?"

"听得到。"依旧还能听到他平稳的呼吸声。

"看样子,好像是那个狮子王院来了。"

"什么!"才藏纵身蹦了起来。

"不,其实也不确定。这山下有一条藁科川。听说有一个行脚僧从河对面的一个叫羽边的村落划船过来了。"

"年纪呢?"

"那人戴着斗笠,看不清楚啊。"

"那你怎会觉得那个行脚僧就是狮子王院?"

"我之前让一个甲贺的人扮作渔夫,在河川上打鱼。那行脚僧到了岸边,托他将自己渡到对岸。"

"哦?"

"甲贺的渔夫就载上了那行脚僧。"

"然后?"

"船到岸的时候,那个甲贺渔夫已经没了踪影,只有行脚僧一人下了船。这一切,恰好被潜伏在芦苇中的另一个忍者看在眼里。"

"船上的甲贺忍者到底怎么样了?"

"大概被杀了吧。能做到的,我以为也只有狮子王院了。"

"那个疑似是狮子王院的行脚僧,过河进入了山脚下的牧之谷村。之后呢?他有什么动静?"

"这正是让我迷惑的。他进村后就突然失了踪迹。大白天的,后面还有甲贺忍者尾随,他能消失得无影无踪,绝不是简单的人物。"

"是吗……看来果然不是一般的术者啊。"才藏思索片刻,又道,"佐助,让我一个人留在寺里。你先在这一带随便找个山头藏起来如何?"

"你有什么打算?"

"能有什么?睡午觉啊。风魔的人不会在白天出现的,入夜了就会现身吧。等我睡到日头快落时再起来迎客也不迟嘛。"

才藏说完又枕着手臂躺了下去。约莫过了半刻,山脚下村落里的犬吠声,被傍晚的轻风带上了山头。

(嗯?)才藏睁眼,感到那犬吠有些不寻常。

(看来是有陌生人进了村子吧,)才藏坐起身。(想必就是狮子王院。)

……他走出山门。西边的太阳已经开始下斜,看样子离天黑还有一小段时间。

(不用等到晚上,或许趁着天亮堂的时候把他找出来解决掉更为容易。)

才藏踏上了通向山脚的小路,途中遇见一个背着柴火的老叟。那老人大约只有四尺高,一路低着头从山脚下走来。

两人擦肩而过时,对方用几不可闻的声音说:"才藏大人。你找在下何事?"是佐助手下的一个甲贺忍者。

"没什么,就想问问你看见可能是狮子王院的男人没有。"

"是个行脚僧吧?"

"蠢啊。他又不一定会一直作行脚僧打扮!"

"没见过。"

"刚才那几声狗叫是怎么回事?"

"方才我去查探了一下,发现是镇守东边的百姓家中一条狗口吐黑血死掉了。"

(必定有人为了止住狗吠,塞了毒食。)

"行了,你走吧。"

……才藏继续往下走。

村子的入口是一座镇守之森[5]。林中有一间简陋的农家房屋。

(看来就是这家的狗了。至于狗吠的对象,若非进了百姓家里,就只可能去往镇守之森深处。恐怕……应该是镇守之森。)

那是一片杂木林立的森林。才藏漫不经心地走上了落叶散布的森林小道。

忍术有阴阳之分。将自己暴露于敌人面前，行动毫无顾忌的做法称为阳忍。也就是目前才藏的举动。

在这座可能潜伏着狮子王院的森林之中，才藏却以阳忍的姿态堂堂现身。当他走到一处小小的镇守社前抬头观望时，身后传来了脚步声。

脚踩在落叶上的嚓嚓声渐渐靠近。才藏背对声音传来的方向，并未转身。那声音在距离才藏约莫二十步的地方突然停下。几乎同时，脚步声的主人发出低沉沙哑的笑声。

"你就是伊贺的雾隐才藏吧。"

"正是。"

"你的大名我可早有耳闻。"

"敢问阁下是？"才藏依旧保持着仰望社祠的姿势问道。

"我吗？"沙哑的声音再次响起，"风魔不似一般人有名有姓，不过旁人都叫我狮子王院。"

才藏还是没有转身。应该说，他就算想这么做也不可能。只要他一转身，对手就能趁此时机对他下手。

"你找我雾隐才藏所为何事？"

"有事的，不是你么？听说你不辞辛劳从纪州高野山麓九度山大老远地跑来骏河,归根结底就是受了大坂右大臣家的委托,来取大御所的首级的吧。丑话说在前头,只要骏府城内有我狮子王院在,你就休想得逞。"

"你能把我怎样?"

"当然是杀了你。"狮子王院的声音如虫语般低沉,"才藏,"狮子王院直呼其名,"你我都是忍者。有些事就算不说出来,彼此心里也都明白。看你从纪州跑一趟也挺不容易的,我希望你能放弃计划回去。"

"为什么?"

"我并不想我们之中有谁受伤。今天我之所以会来这个村子,就是为了和你谈这事。希望你能听我劝告。只要你愿意抽身,依照忍者的规矩,好处自然是少不了的。"

"我要是听不进去呢?"

"便杀了你。"

(啊!)才藏腾地一下跳上窄廊。他原本所站之处一旁的树干上,赫然插着一把狮子王院掷出的奇形怪状的手里剑。

"狮子王院!"才藏高呼一声,然而下一瞬间他整个人都呆了。才藏自出生以来,在忍者这条路上摸爬滚打近三十年,第一次为眼前的情景惊叹。

四下里根本就没有狮子王院的影子。

（哼。这个风魔还真是有意思。）才藏站在窄廊下，环视狮子王院消失的地方，抽了抽嘴角。

身为术者，才藏此次的败阵已是毋庸置疑的事实。

……我的确听到那人的脚步声。

……他的声音也还清晰地留在我的耳内。

……只是，我自始至终并没见到过他。这样下去，堂堂伊贺名人才藏，不就与中了狮子王院的傀儡术无异了嘛。

（就是扒开草根，我也要把你找出来！）才藏一棵一棵地查看着森林中的树木，直到两眼充血。当他来到一棵山毛榉边，突然身后传来鸟鸣、拍翅、以及掠过枝叶的摩擦声。

（哼！）才藏没有回头。在忍术中，有一种"鸟遁"。这是一种将揣在怀中的鸟放出以吸引敌人的注意力，借机逃向相反方向的遁法。

"狮子王院，你这招太过老套了。"虽然看不见对方，才藏仍旧露出一脸不快。"快化成阳忍吧（现身出来）。单是与我比试术法，又有什么意义。不如直接打上一场！"

这时，才藏的余光突然扫到一丝异样。杉树枝头上，傍晚最后的余晖明晃晃地照进了森林。当然，有问题的不是那阳光，而是伴随着光出现的一片黑影。

那黑影冷不丁地动了一下。

（在那儿么。）才藏装作没看到，并且故意将后背对着杉树的方向，眼望别处。此时杉树上的黑影渐渐膨胀，终于显出了人的轮廓。

（找着你了！狮子王院！）才藏没有亲眼所见，却从各种动静中感觉得到。

（对方打算逃走。）才藏又刻意地朝相反方向迈出了步子。

树梢上的黑影停留了一会儿，仿佛有些忌惮夕阳。片刻后，黑影腾空而起。同时才藏的十字手里剑脱手飞出，发出簌簌的风声飞向他身后的空中。

（没打中？）黑影并未落下，继续以飞快的速度在树之间跳跃着，发出沙沙的响声。才藏循声追了上去，却还是跟丢了。

……夜幕降临。

才藏回到山上的荒寺时，只觉得浑身上下疲惫不堪，一下子就躺在了本尊前铺的一块木板上。这时，一个矮小的身影敏捷地钻了进来。

"才藏。"是佐助的声音，"结果如何？"

"让他给跑了。"

"这么说，那果然是……"佐助咽了口唾沫，"你在下面的村落里看见狮子王院了？"

"嗯，他终于现身了。不过自始至终都像是我在演独角戏一样。那男人当真不简单。佐助，或许我赢不了他。"

"你说的什么丧气话啊，"佐助为了激励才藏，刻意让声音明朗一些，"不就是个风魔嘛！"

"不愧是被选在大御所左右的忍者。想想也知道不会是一般人。"

"说起来，那个狮子王院现在何处？"

"他总会来的。"

"来这儿？"佐助略有些惊讶。

"不错。他应该也知道我现在就在这本堂里吧。风魔是属于夜晚的忍者。只要夜再深一点，他们就会出现。"

"好嘞！"佐助用力点了点头，"风魔擅用火术，这次他们一定也会利用火焰变幻来攻击我们。能对付火的，也只有火了！"

"佐助，你想干什么？"轮到才藏愕然了。

"风魔一来，我就放上一把火，把附近的山头连这本堂全都烧掉！只要逼得他们现了身，不就好对付了么！"

"原来如此。那到时候就交给你了，佐助，我想躺会儿。"

才藏迷迷糊糊地睡了一阵子。当他醒来时，已经是下半夜了。

（还不来吗？）才藏躺在木板上，茫然地睁着眼，透过破落的格子门望着漆黑的夜空。

这一晚也没有月亮。只有漫天的繁星隔着清澈的山雾在不停地闪烁着。

（秋天啊。）这个季节已经过去了一半，还能听到虫鸣的声音。看来骏河的虫种类不少，各种鸣叫声在本堂四周的草丛中此起彼伏。

才藏闲得无事，正依着虫鸣将虫一一分类。突然，他竖起耳朵。因为有一只虫的声音，竟从本尊须弥坛背后发出来。

"是蛐蛐儿啊。"蛐蛐儿，也就是蟋蟀。才藏屏住呼吸，将全身的注意力集中到耳朵，仔细地辨识虫鸣声。

那只蛐蛐儿的叫声忽高忽低，时而如长吟，一直未有间断。

虫鸣声愈见清脆。唧唧、唧唧唧、唧唧……

要是以为这就是一般的虫鸣，倒也没什么好说。可在闭眼凝神倾听的才藏耳中，怎么都像是人肺部溢出的气息声。

（在须弥坛背后！）才藏抬眼望去（是狮子王院的声音）。笃定之后，本尊药师如来宝座下那只虫，在才藏的脑中变作了人的模样——一个趴在地上，曲着手脚，从缝隙里窥视着才藏一举一动的人。

……继续留在原地的话，保不准什么时候就会被偷袭。才藏腾地起身，滑过身下的木板，绕到须弥坛的另一边，走入本尊背后。

……虫鸣声戛然而止。四下里弥漫着让人毛骨悚然的黑暗。（被这家伙发现了。）刚这么一想，蛐蛐那阴森的声音再次出现，只是已不在先前的方向。

才藏循着声音，在须弥堂里转悠。他每移动一番，那虫鸣就换一个地方。

（不成！）才藏这时才恍然发现中了对方的计谋。敌人应该是利用虫鸣吸引才藏，将他引至便于下手的地方。

才藏用手塞住了双耳。原本被虫鸣所占领的六感一经恢复，顿时就感觉到了空气中漂浮的异样。他抬起头，目不转睛地凝视着天花板。渐渐地，一个宛如蜘蛛般贴在天花板格子上的男人身影出现在了他的视线中。

（原来你在这儿啊，狮子王院……）才藏抽出短刀，扬手掷向天井。刀无声地消失在了天井的黑暗中，或者刀已经插入了对方身体？

然而虫声还在继续。当才藏又抽出一把短刀，准备出手时，那条影子麻利地从天花板掠过。看来是想逃走。

才藏追了上去。人影似乎察觉才藏收了手，瞬间又折回，蹬离天花板向才藏杀来。一道白光在才藏头顶卷着风声闪过，才藏沉下身子，用刀柄挡住这一击。黑暗中火花四溅，铁器的焦味弥漫四周。

当才藏回过神来，对方又不见了。

真是个不好对付的忍者。

"狮子王院！出来！"黑暗中，才藏紧握刀成八相[6]的架势咆哮着。他知道，狮子王院并没有离开这间庙堂。只要一想到他还在里面，才藏就怒火中烧。

"出来！"

蛐蛐儿的声音又回应似的再度响起，仿佛是在嘲笑才藏沉不住气。

在头上？不对！是背后！现在又在脚边了！黑暗中的才藏被四面八方此起彼伏的虫鸣声弄得心烦意乱，发出了怒吼。

然而，虫鸣声下一个响起的地方，却是他的耳内。虫，在他的耳朵里唧唧唧地叫着。

才藏挥刀竖着劈下，又是横着一扫，再后跳一大步。但他的刀砍到的，除了黑暗还是黑暗。

"才藏。"才藏闻声一惊，腾地变换了位置。

"是我啊，佐助。"

"……"并不见佐助的身影。

"你在哪儿?"佐助的声音再次响起,"才藏,你出声啊。"

才藏并未回应,继续警惕地潜伏在暗处。那声音虽然与佐助十分相似,却有一种说不出来的别扭。

"才藏大人。"这次响起的是小若的声音,"我是小若啊。你在哪儿啊?"

这声音也有问题!想来狮子王院也因无法得知黑暗中才藏的所在,想利用各种变幻来诱他现身。

就在这时,四周突然一亮。看来佐助手下的甲贺忍者按计划在堂外放火了。

(哦——)借着火光,才藏第一次看到了狮子王院的轮廓。

一个小个子男人正像蝙蝠一样贴在横壁之上,应该就是狮子王院了。才藏一跃而起,大喊一声:"狮子王院!"手起刀落,将那影子一刀两断。然而刀锋划过之时,影子却如烟散去。

原来又只是才藏的幻觉。

(我输了……)才藏咬着下唇,一脸呆滞地环视自己身处的地方。烈火已经烧进了天花板,被火光映得如白昼一般明亮的内堂里,哪里有什么狮子王院的影子。

注释：

【1】橹：原为储藏武器和兵粮的"矢仓"，随着战争的扩大，储藏量也要随之增大，那么矢仓也就越来越大，最终演化成兼瞭望和防卫据点功效为一体的橹。橹按照形态和作用又有多种叫法。太鼓橹指的是具有太鼓报时功能的橹。

【2】米俵：古时日本装米用的草袋。

【3】野伏：山贼，草寇。

【4】近江钧之阵：1487—1489年，长享、延德之乱第一次出阵的别称。

【5】镇守之森：日本神社境内，将参拜道与参拜场所包围在内的森林。也被称作镇守之社。

【6】八相：剑术剑道中上段的变种。由于古代武将头盔样式的限制，往往在佩戴头盔时无法使用上段，故而在双足位置不变的情况下，将双手的位置下移，右手在嘴巴右侧一拳位置，左手位于身体中线附近。八相名称的由来，一说为此架势由正面观之两小臂斜向体侧呈"八字"，另说为此架势是古代武士以一敌多时最常用的姿势，可以应对八方之敌，故名"八相"。

骏府城

才藏还是老样子，只要有空闲，就是在睡觉。

"要下雨了？"他扭过脸看向天空。

这里是骏府的一家旅店。透过敞开的风门，能够看到旅店后的寺庙中的枫色树影。而远处则是积着厚厚云层的深秋天空。

"我输啦。"从刚才起，他就只重复着这一句话。因为他念叨了太多次，一直在一旁休息的小若也哑然失笑。

"我输啦。"对笑声置若罔闻的才藏，依旧用手指咚咚地敲着榻榻米，一脸苦恼地念叨，"我活该呀。人人都称我是伊贺第一的忍者，我还真把自己当回事儿了。全都是一派胡言。我父祖辈的那些伊贺第一，绝不是能小觑的术者。可近些年伊贺忍者大不如从前，竟然连我这样的都敢称魁。简直是闹剧嘛。"

"才藏，你怎么能把自己贬得一文不值啊！"说话的是佐助。他也照旧一副才藏家臣的打扮，"在我看来，不是你技不如人。就算那个狮子王院是个万里挑一的强手，我也不认为区区风魔之术能敌得过伊贺与甲贺的忍术。"

"佐助,你是话中有话啊。"才藏眯了眯眼睛,"你是想说,是我的技艺不精啰?"

"不,论忍术你在他之上。"

"既然如此,我怎么会输掉?"

"别激动。才藏你呀,是输给了自己,输给了自负。"

"什么意思!"

"你先别发火,听我说啊。"佐助顶着那张心平气和的笑脸继续说道,"在你心里是不太看得起狮子王院的。面对那样的对手,你竟然还以阳忍姿态迎战,你满心就只想以兵法来决胜负。你不输谁又该输?"

"这……"才藏思索了一会儿,谦虚地回应道,"这话既然出自名人佐助之口,也不无道理。"刚一说完,却又开始敲起榻榻米来。

"与狮子王院之间的胜负,关系到我们能否顺利取走大御所的人头。就算他用尽秘术多方阻拦,我们也必须潜入城中让他们瞧瞧!"

"不过才藏,情况有变……"佐助正小声地想说什么,走廊上突然传来旅店老板的脚步声。片刻后,拉门外响起一个声音:

"例行检查。"

这是驿站的官员来临检了。佐助脸色一沉，才藏则继续躺在那儿一动不动。

官员们出现在了走廊上。才藏坐起身，佐助赶紧手脚并用爬到走廊上坐好。身为才藏的家臣，回答讯问是他的职责。

"是阿苏大宫司家的家臣斋藤缝殿大人吗？"

"正是。"佐助回应道。

一名官员，只带了两个部下。佐助见来人不像是在搜捕人犯，应该只是定期检查，瞬间松了口气。

可就在官员离开以后，部下中负责拿名簿的那个五十四五岁的矮个男人却面无表情地扫了才藏一眼，然后立即移开视线。

（这家伙……）才藏的直觉告诉他，这绝不是个普通的官员。果然那人离开的时候，走廊上并未响起脚步声。

待来人都散去后，才藏问道："佐助，你没发现哪里有问题？"

"当然发现了。那个拿着名簿的男人，应该是忍者。才藏，你怎么看？"

"跟你一样。"

"这么说来……"

"那应该就是狮子王院了。"两人相视点了点头。

不过终究只是出于直觉,他们并无证据。说不定正因为没有,才更愿意相信那就是他们的目标。

"才藏。"佐助立起膝盖靠了过去,"我们得赶紧离开。那可是来打探我们情况的啊。再迟一刻,这旅店可能就会被袭击了。要是惊动了城下的巡捕,总不能杀了他们脱身吧。"

"去哪儿?"

"大坂!"

"你的意思是放弃潜入骏府的计划,打道回府?"

"不,有件事我正琢磨着怎么跟你好好谈谈。前夜里九度山的大人派来了使者……"

照使者的口信来看,东西方的彻底决裂已经迫在眉睫。照幸村的分析,至多还有两个月,天下必将陷入战乱。

"这么突然?"才藏也颇感意外。毕竟从骏府城内人员的动向来看,也不像是大战当前的备战状态。

才藏只听说在骏府家康的劝诱下,丰臣秀赖再建了京都方广寺大佛殿,并在新铸的那口钟上,题了这样几句铭文——

国家安康

君臣丰乐

子孙殷昌

而这个，却成了导火索。

家康认为这是对德川家的诅咒而暴怒。得知情形的丰臣家正忙不迭地在对骏府进行各种外交工作。

"大坂方面内部已经下达合战的决定了。"佐助继续说道，"才藏，九度山的大人认为大坂与京都既然都要打起来了，骏府的工作如果实在有些麻烦，倒不如让我们趁早赶回去。"

"是么？真田大人让我们回大坂去？不过我是不会回去的！"才藏仰面躺下。

"哦？你不回去，在这儿干什么？"

才藏若无其事地回答："我要杀掉那个狮子王院。事到如今，就算你说我意气用事也行，总之我必须下手了。等我得手再考虑回去的问题吧。"才藏是个一言既出，不达目的绝不回头的人。

且从立场上来看，他和佐助也并不相同。猿飞佐助毕竟是真田家的家臣，而才藏呢？既不是幸村的食客，也没有接受他的雇佣。于是听到才藏这么说，佐助也干脆地回了一句："那我们大坂再见。"

"知道了。"

"不过小若姑娘会留在这里，说不定还能派上什么用场。"

"怎么都好。"

"真是的……"角落的小若一脸诧异地反驳道,"这是在说小若我是可有可无的咯?"

"你听到了么?"才藏打了个哈欠,站起身来,"佐助,就此告别吧。对了,你可别忘了把晴海入道带回去啊。"

四天后,猿飞佐助回到了纪州九度山的真田屋敷。

当他走到庭院边时,看到一副山民打扮的幸村正在心无旁骛地修剪院内的梅花。

"大人,这种事又哪里用得着您亲自来做啊?"

"这些日子我每天都这样。至于理由嘛,佐助你应该能领会吧。"

"啊。"佐助点了点头,静静地环视庭院内的树木。每一株的根部都施了肥,多余的枝丫也都修剪掉了,枝干也用干草包裹起来。看来在为过冬做准备了。

"明白了?"

自幸村因在关原之战加入西军阵营被流放至此以来,已经过了十五年。幸村好庭木,平日里修剪保养都是自己亲手来做,从不假手他人。可以说每一棵树,都倾注了幸村十五年来的心血。

在一旁打下手的穴山小助是个多愁善感的男人。(大人一定是在跟这些树道别，想在冬季来临前为它们再作最后一次修剪吧。）

然而佐助并不这么看。

（大人表面是在为庭木做过冬的准备，实际却是为了混淆村民的耳目。那些村民怎么也不会想到，一个今天还在为过冬的庭木作修整的流放之人，第二天就会离村而去吧。）

猜对的人，是佐助。

那一夜，幸村借着佐助返回的时机，将真田屋敷中的九个人聚集起来进行了秘密的会谈。

"各位，"幸村静静地看了看在座的人，"明日，真田家将从此地撤出。"

其他人对此想必也是早有察觉，没有人表示诧异。只是没想到一出口竟就是明日，众人的脸上还是流露出了紧张之色。

小助开口道："明，明天吗？"

"定在明天，是因为佐助回来了。各位也知道，我们一直受纪州浅野家的监视，要想脱身并非易事。所以这个计划之中，佐助的本领是关键。在他返回的翌日便行动是我早前就决定好的。要是谁有意见，大可直言不讳。"

在座的人一同沉默片刻后，又是穴山小助作为代表出面，拜了下去，说："并无异议。吾辈之性命，一生为您所用！"

"说得好！我虽望能借这大坂城下与天下大军对峙之机，让六文钱的旗帜再于战场扬起，只是这一仗胜负黑白尚未明了，一场前途不明的战争，叫我怎么能忍心将你们带去。"

"您这是说的什么话啊。"笕十藏单腿跪下，"丰臣、德川乃是日本武门仅有的两大栋梁。能够加入其中一方，站上这个日本第一大战的舞台，身为男儿此生已是无憾。"

"胜负根本就是最微不足道的了！"晴海入道的弟弟伊三入道也接下话。

"你们的决心，我真切地感受到了。"

幸村吩咐海野六郎备好酒肴，"各位，仅以酒宴表我心意！大家尽情畅饮！"没多久，幸村就几杯酒下了肚。

幸村平日里不常饮酒，自然不胜酒力。当他感觉到醉意上头的时候，心里却是从未有过的清醒。他想起了两年前在这流放之地仙逝的父亲昌幸。

幸村的父亲安防守昌幸是一位不亚于信玄及谦信的军略天才。

庆长五年（1600）石田三成举兵讨伐家康之时，昌幸以信州上田城为据点，负责拖住秀忠的大军。他利用绝妙的战术，最终让秀忠的大部队没能赶到关原战场。

庆长十六年（1611）六月，昌幸卒于九度山，享年六十五岁。他在弥留之际曾这样说过："在我死后三年之内，家康必会举兵讨伐丰臣家。我不甘心就这么死。只要我能活着，就能献上一个让丰臣家必胜的秘策！"

幸村的父亲昌幸在隐居九度山后，削发出家，法号一翁闲雪。顺便提一下，这位大人的画像真迹，至今还保存在真田旧伯爵家。从画上能看到，他的头与那并不算魁梧的骨架相较起来大出不少，脸上的表情也似乎藏着难掩的阴霾。他身着便服，手中却握着指挥军阵用的采配[1]。这与众不同的形象，也许就象征着智将真田昌幸不平凡的一生。

真田昌幸细长的眼睛不似其他英雄人物般扬目望天，而是低眉静静地看着前方。与其说是武将，更像是一个思想家。

昌幸在临死前曾说过"我有灭亡德川的秘策"这样的话。幸村闻言，自然大吃一惊，立刻表示："还请父亲能将此秘策授予我。"

然而昌幸却没有回应他。良久后，他才对幸村说："说了也无价值。这个秘策，没有我是成不了事的。"

"请务必告知！"

敌不过幸村的央求，昌幸终究还是开了口。

这秘策的第一步,是在东西开战之际,领兵三千翻越铃鹿岭奔向伊势的桑名,夺取城池。以桑名城防御东军攻势,只要能狠狠地打击对方,就能使东军中那些曾受过太阁恩顾的大名内心产生动摇。这个时候,估计至少也有一两个大名会倒戈至大坂方了。

然后再舍去桑名城,以铃鹿这个天险为根据地迎击敌人,以争取更多的时间。按照昌幸的计算,到了这个阶段,倒戈的大名应该会升至四五人。

而最后的阵地,就放在濑田。将濑田的唐桥烧毁,并在靠京都的岸边布阵,让铁炮队成为主力阵线。

"其实这就与过去楠木正成以千早城为据点,迎击天下之兵的战略如出一辙。在我方进行这一系列工作时,西军的大名就能陆续进入大坂城。最终右大臣家就能在兵力上压制对方。只不过……"昌幸看了一眼幸村,"这件事,你是做不来的。"

也就是说,昌幸的战术是建立在家康对他的畏惧之上。而诸位大名,也只会因为心中觉得"有昌幸的指挥,此战必胜",才愿意站到大坂一方。然而,幸村的实力却并不为他们所知,能否撼动天下诸侯之心实在是个未知数。

"你在战争方面的才能,绝不亚于我。只可惜,名声未至。可叹如今的世界,只会为虚名所动。因此我才说这个秘策，你用不了。"

三年之后，幸村研究出了属于自己的秘策。

（总之，这就是一场赌博。）不过这场赌博的筹码，是历史——是整个天下。

一旦东西决裂，没有军师的丰臣家，自然会将身处摄津附近纪州九度山中的真田幸村视为至宝。当然，能想到这点的，不止丰臣家，还有家康。

他加强了对九度山的警戒。不仅多次从骏府城授意于纪州太守浅野家，还让高野宗门也担起了监视的职责。当然，直接负责监视的是村长及其属下的百姓。

浅野家对九度山村的诸长老以及桥本、东家、橘谷的村长都下达过严谕：

"若是发现传心月叟（幸村法名）有离开九度山的迹象，即刻向我通报！"

"要想出去，并不是件容易的事。"那夜佐助所顾虑的，皆因于此。

只让幸村一人脱身的话并不困难。可现实情况是要参与的是真田一族，外加二十多名家臣，还要带着储备的武器、金银及一些日常用品上路。如此浩大的队伍，要想完全避开他人耳目几乎是不可能的。

"大人有何打算?"

面对佐助的询问,幸村只是微微一笑,并未作答。

佐助若有所思,突然话锋一转:"您说准备在明日夜里出发对吧?明天不正是在长筱战死的两位(信纲、昌辉)[2]法事之日吗?"

"不错。"幸村点头。

"啊呀,出发的日子竟然和法事撞上了啊。"

"佐助你呀,有时候就是喜欢装糊涂。你已经看穿我的计策了吧?"

"您也太高估在下了,"佐助双手摆得像在划水一样,"吾等之辈,怎可能洞悉如此绝密的事儿呢。"

佐助这个人,胜过同为忍者的雾隐才藏的地方也就在这儿。应该说大智若愚吧,总之他是才不外露的类型。

幸村苦笑道:"明日的法事,已经邀请了近邻的村长、长老以及两百个有力的百姓参加。为了准备法事,厨房里堆着不少酒桶。这么说,还不明白吗?"

"完全不明白!"佐助摇头,不过他脸上的表情出卖了他。

"听着。在酒宴厅接待百姓时,我和其他人全都出马,把他们统统灌醉。而你,就趁机带上几个人,把行李都扛上马。"

"马?"这次佐助表现出的惊讶有些夸张得过了头,"哪里有马?"是的,流放之人的住处又怎能养马?

"呆子。来的人里可有村长。有些百姓,外出也是会骑马的。我琢磨应该有六七匹吧。"

"哦!"佐助猛拍额头,"原来是这么回事儿!"

"你到底准备演到什么时候?"

"不敢不敢。"

佐助离开了幸村的房间,悄悄开始捆包各种行李。

真田屋敷的法事是在午后举行。待僧人诵经结束,众人就将屋内的隔扇悉数拆取。法事摇身一变,成了一台酒宴。

幸村特意坐到了百姓的下座。

"平日里给各位添了不少麻烦。谨以此酒宴招待各位,聊表谢意。还望各位能够尽兴而归。"说着亲自拿着酒器挨个为百姓斟上了酒。

受宠若惊的村长和长老们连忙道谢:"能接受大人斟酒,实在三生有幸,定将传颂后世。今日看来是要不醉不归啊!"

刚元服不久的幸村长子大助幸纲也忙着为左右来客添杯,尽显周到。

伊三入道酒下了肚,嚷着:"我来献舞助兴!"跳起了故乡信浓的田乐舞[3]。

"哎呀呀，咱们村众也不能示弱啊！"说着，村长里面就有人唱起了今样歌，甚至还有装模作样跳起幸若舞的。一时间酒席之上主客不分，好不热闹。

"当家准备了寝具，各位要是醉得厉害，大可留宿于此，不必顾虑。"穴山小助这么一说，酒席上闹得更欢了。太阳还没落山，就有人喝得烂醉如泥，完全无法动弹。

幸村见时机成熟，对小助说："动身！"

"遵命！"小助与在酒宴上与村民周旋的诸位同僚互相递了个眼色。

不出四刻半，幸村一行就出现在了通往桥本的九度山下山路上。

月色正纯。视野中如银色的纽带般漂浮在夜色中的，是纪之川。

驮着行李的是从百姓那里抢来的马，载着妇孺的坐轿被家臣前呼后拥，拿着铁炮的手里搋紧了火绳，举着长枪的拿下了枪套。

幸村与大助幸纲骑在马上。过了桥本、东家、橘谷，翻越纪之见岭后，幸村叫来佐助。

"你先走一步，奔赴大坂，将我们顺利脱身之事报告给大野修理大人！"话音刚落，佐助就消失在了漆黑的山岭道上。

事实上，关于这件事还有一种传言——第二天幸村是独自出现在大坂城内的大野修理家中的。他一身山伏（这里是修行僧）的打扮，也不知是在哪儿换上的。

这种说法显然要更有趣一些。

据说幸村先是上前殷恳地朝负责引见的武士打了招呼："在下是大峰的山伏。想要求见你家主人，献上祈祷文书。还请通报一声。"

"大人正在城中，很快就会归来。你在那里稍等片刻。"武士说完，指了指一边的岗哨。

山伏打扮的幸村，被告知"在那里等着"。武士指给他的地方，是一处简陋的岗哨。幸村进去以后，发现还有十来个年轻武士也挤在里面。一群人闲得无聊，为了打发时间，正在那里互相鉴赏佩刀。

武士们一见到幸村，连忙招呼他："和尚，你的刀看来挺不错。怎样，拿出来瞧瞧吧？"

"山伏之刀，不过是用来吓唬犬类的道具罢了。"幸村无奈，"不值一看的，不值一看的。"

幸村到底还是抵不过对方的请求，取下自己腰间的佩刀递了过去。

年轻武士接过刀，唰的一下抽出。一时间惊叹四起。不论是刃上的勾纹,还是地金的精致,都足以证明这把刀非同寻常。再看看胁差,也是把了不得的宝物。

"可否拜见一下中子[4]?"武士连措辞都变得郑重有礼。

武士拔下目钉,拆下刀装。看到大刀的刀条上赫然刻着"贞宗",而小刀的刀铭则是"信国"。不论贞宗还是信国,可都是名器。非大名一级的人是用不起的。

就在武士们以难以置信的眼神来回打量着眼前的山伏和手中的刀时,主人大野修理治长下城归来。他一见到幸村,大惊失色,连忙恭敬地拜下:

"不知大人驾临,实在惶恐。快快快,请进,请进!"

那些岗哨里的年轻武士,听说眼前的山伏就是真田左卫门佐幸村以后,也都吓蒙了。更有说在幸村进入大坂城后,每每遇到那几个大野家的年轻武士,都还会调侃他们一句:"最近鉴刀的眼光提高了没?"

这段轶闻在《武边业话》及《武边咄闻书》中都曾出现过,然而从事实角度来看的话,恐怕这应该不是临近入城时发生的事。

我们可以设想幸村在入城前,曾多次乔装进入大坂城密会大野修理。而前面提到的那件事,应该只是其中一回发生的小插曲罢了。

事实上……

从九度山秘密逃出的幸村一行人进入丰臣家所领的河内时，天已经亮了。他们是在光天化日之下堂堂正正地进入大坂城的。

丰臣家家老大野修理亲自到平野口迎接了幸村的队伍，不仅如此，连幸村家臣们的住处都一一张罗妥当，可谓用心至极。

当天，速水甲斐守守久便作为秀赖的使者到访，传达慰劳之意，并当即下赐黄金两百枚、白银三十贯目。

一时间"真田左卫门佐入城"的消息不仅让大坂城内为之沸腾，还给予天下局势一个不小的冲击。

雾隐才藏听到这个传言的时候，正坐在骏府城外的一家茶店内。

此处是骏府的梅屋敷。才藏独自在店里饮酒，一抬头就能看到右边的城池。

"喂，女人！"

茶店前有一个大木臼，一个年轻女人正在用它舂年糕。听到才藏唤她，马上放下了手中的木杵。

"是要年糕，还是要再来点酒？"

这个驿站里的茶店，不论哪一家的年糕都是现舂现卖，保证客人能够吃上刚出炉的热年糕。骏府曾是府中，再追溯到更远一点的话，它还有一个名字叫"阿倍之市"，是取自横川市中流过的安倍川[5]。作为驿站特产的年糕，也被称为"安倍川饼"。

"拿酒来。"才藏回答。

"也来点年糕怎样？"女人已经来去他那桌不知多少回了。

"成。先放那儿。"看来才藏把年糕作了下酒菜。

就在这时，四五个貌似长途归来的年轻武士一拥而入，嚷了一声"女人，上年糕来"后，就开始大声地交谈。

"世间情势当真是越来越有意思了。听说纪州九度山的真田左卫门佐入了大坂城。"

才藏竖起了耳朵。

"看来战事不远啦。"一个人附和道，"不过这样一来，这次恐怕会是日本历来规模最大的一次战争了吧。"

"听说明日一早就会下达阵触（动员命令）了。"

才藏起身离开了茶店。（阵触就在明日么。）

这情报倒有些价值。才藏立即召来佐助留下的甲贺忍者，让他立刻将此事通报大坂方面。

自从与佐助分别，才藏一直辗转于骏府城各处露宿度日。几天前，他在安倍川岸边的辻堂里睡过一宿。他满心里想的都是要杀掉狮子王院，顺利的话再把家康也解决掉。如此天下的形势就必定会发生巨变了。

他会这么想,不是因为利欲熏心。只是对于忍者而言,在幕后亲手改变历史当真是无上的快事。

日落后,一个六部(参拜者)模样的男人蹑手蹑脚地向辻堂靠近。

"在那边的是草么?"身处窄廊上的才藏出声问道。

"正是。"来人是被叫做草的甲贺忍者。

"我听到一些风声……"

才藏将阵触的事告诉了草。

"在下这里也有才藏大人感兴趣的消息。狮子王院今夜会出城。"

"他会去哪儿?"

"在一户叫伏见屋的茶商家,有他的休息之处。听说他一直在那里养着女人。"

"女人?"

"不错。"甲贺忍者露出了一个猥琐的笑容。

说到骏府茶商伏见屋,那可是街道屈指可数的富商。家主亦是家康家乡三河土吕村出身,与德川家交往颇深。除了御用茶商的表面身份,他在暗中也为骏府城做着各种活动。

"伏见屋和山城宇治的茶商上林家不是同族吗?"听才藏

这么一问，甲贺忍者点头道："你可真了解。没错，伏见屋的当主勘左卫门正是宇治的上林庵大人的侄子。"

宇治的茶商上林家，是山城地区的首富。他们并非一般的茶商，而是拥有家康朱印状并受禄四百九十石的半商半士家族。

休庵、晓庵两代家主在市井都颇负盛名。休庵从家康仍是秀吉治下的大名时就对其尽忠尽责。因他居住的宇治靠近京都大坂，且定期会送茶到诸位大名家中，所以对上方的情势可谓了若指掌。

被称为谍报名人的家康又岂会放过如此机会？上林家也就顺理成章地成了德川家在京都大坂的谍报机关。

石田三成在大坂举兵前后，上林晓庵就曾频繁地与家康通信。待到石田方对德川的伏见城发动攻势时，身为商人的他却全副武装加入了战斗，最终与城同归于尽。

宇治上林和骏府伏见屋，就是如此特殊的家族。

"伏见屋并非普通商家。"甲贺忍者也接着解释道，"外出行商的手代约有二十人，其中半数实乃受雇于德川家的伊贺、甲贺、风魔的忍者。其中有一个甲贺忍者就是在下的同村发小，另外还有认识雾隐大人的伊贺忍者。他们平日里都被秘密地安排住在宅子中的长屋内。"

"也就是说狮子王院也是其中之一了？"

"正是。"

当夜，子之刻（零点）后，才藏出现在伏见屋的屋顶上。

繁星烁烁的天幕下，才藏背着刀，身上被久违的全套忍者装束包裹着。

夜深风寒。为了探知屋内的情况，才藏已经在屋顶趴了足有半刻。

屋里有狗。守夜的人呢？忍者居住的长屋又在哪个方位？

依才藏的判断，（至少有百人上下……在这宽绰宅院中的屋内喘着气。）长年修行锻炼出来的直觉不会有错。

才藏走在主房的走廊上。没有脚步声。

这时候即便有人在走廊下与才藏擦身而过，想必连云雾飘过的动静都察觉不到。

没过多久，风门无声无息地被卸下，才藏的身影再次来到庭院里。在他脚边的花草丛中，躺着一条死狗。才藏按照伊贺的法则，在潜入前事先投入饵食。当然，是带毒的。狗吃了自然一命呜呼。

他在建筑物间的阴暗处穿梭。宅内的长屋共有三栋。

（到底是哪栋？）忽然，才藏发现一条黑影正慢慢向其中一栋长屋边角上的一家走去。(哎?)黑影在风门上敲了六下。窗户吱嘎一声打开,一个男人出现在门缝后面。

(哦?是狮子王院!)旁若无人地拿着蜡台站在那儿的,正是狮子王院。先前敲门的那个,想来就是他的手下,应该是来报告什么情况的。事情说完以后,那人便又离开了。

才藏又在黑暗中沉寂了四半刻左右,才靠近那扇风门,他学着之前手下的样子,缓缓地在门上敲了六下。

不出所料,风门拉开了一条小缝。

"啊!"不等对方出声,才藏已经跻身进了屋内,反手带上风门,左手掐上对方的脖子。对方手上的蜡台落下,在木地板上燃起一小撮火苗。火光照亮了才藏身处的房间。这是个只有一间大小的简陋屋子,除了地板上的被褥,再无其他摆设。

令才藏诧异的是,被褥上还盘腿坐着一个身着褐色粗衣的小个子男人。

"雾隐才藏,你终于还是来了。"

才藏这才发现自己左手钳制住的是一个女人。那女子看来吓昏过去了,才藏刚一松手,她就瘫倒在了地上。

"狮子王院,这是你的妻子?"

"当家的女仆而已。"

也是个好色之徒。他与伏见屋的女仆私通,每次出城后都在这个长屋里密会。

"初次见面。"才藏开了口,"先前你扮作驿站官员的下官出现在骏府旅店时,也只是一晃而过。像这样面对面清清楚楚地看到你小子,还是头一回。"

才藏看着那男人,对方咧嘴笑了起来。这是一个微胖,有一对小圆眼,手脚粗短的四十上下的男人。那古怪的模样,乍一看还以为是动物成精变成的。

男人嘴唇很薄。刻薄的薄嘴唇动了起来。

"才藏,你送上门,是来找死的吧。"

"啊,送上门来的。"才藏脸上虽在笑,但目光并没从狮子王院身上移开,把他从脚到头到发稍都瞧了个遍。

(这男人就是稀世的忍者?)据说风魔原本就是不同的人种。这么一看,脸上的轮廓五官倒的确给人那种感觉。只是才藏怎么也没法想象面前这个盘腿坐在被褥上,个头小小的男人狮子王院,会是世间少有的术者。怎么看也只像是个百姓家的雇农。

"才藏,真是可惜啊。你人在这房间的事儿,全长屋的人都知道了。估计现在风门外、后门,连厕屋的入口都被人堵住了吧。你可千万别想还能从这里走出去哦!"

"要是……"才藏用刀拍了拍昏迷在脚边女人的背,"你敢叫人来，就不怕我杀了这女人？"

"哦？想杀，杀了便是。"

眼见狮子王院的冷漠，才藏也颇为惊讶："她不是你这家伙心爱的女人嘛？"

"那也比不上自己吧。"

"原来如此……"对方是风魔。他们的心，也许原本就和伊贺忍者一类的不同。

（还不到时候……）才藏在等待时机。眼前可不是冲上去将狮子王院一刀解决的时候。要是现在动手，就凭对方是狮子王院这样高明的术者，他也绝不可能毫无防备。到头来估计只能以失败，甚至是被反噬的结果收场。

忍者的刀法与兵法者相异，讲究天时地利人和。忍者的刀术，靠的是捕捉光与影、树木、动物、水、火等万物的各种瞬间动作来实行的。

比如当前才藏打算利用的，就是在他脚边蜡台上徐徐燃烧着的烛火。这一撮火苗，是房间中唯一的照明。当它燃尽之时，屋内必将陷入黑暗。而在才藏看来，狮子王院一定会趁明暗转换的那一瞬间有所动作。在他选择逃走并付诸行动的一刻，他的身形就会出现破绽。才藏所等的，就是这一瞬间。

终于，豆大的火苗在最后扭动挣扎几下后，噗的一声——灭了。

四周转暗的同时,才藏向前大踏一步,白刃在黑暗中一闪。鲜血应声喷出,头颅落地的声音也随之响起。是的,才藏不会听错。然而匪夷所思的是,远处却传来狮子王院嘲讽般的笑声。

(怎么回事……)才藏赶紧用脚碰了碰他砍下的那颗头。果然,头发很长,是女人的头。(这是……)此刻的才藏,真是一肚子后悔。那个狮子王院,看来在蜡台熄灭的一瞬间以鬼神般的速度在黑暗中抛起了陷入昏迷的女人,让她做了自己的挡箭牌,死在了才藏的刀下,然后趁机逃走了。

(残酷无情……)才藏为狮子王院的女人而感伤。饶是被称作如无心化生[6]的伊贺忍者才藏,也做不出如此残忍之事。

(风魔的人,是恶鬼吗……)比起愤怒,一种名为恐惧的情绪,此刻正切实地爬上了才藏的脊背。

……就在这时,黑暗中有什么在移动。风门被轻轻拉开,才藏一刀将挥刀砍向自己的男人劈成两半。血飞溅而出,黑暗中多了几分潮湿。

(是住在长屋的其余忍者吧!)才藏抬起右脚,朝榻榻米的边缘猛一发力。榻榻米嘭的一声弹起,地板被掀了个空。又是几脚下去,六块榻榻米逐个儿应声而起。才藏爬到高高叠起的榻榻米上，趴了下去。

此乃伊贺流的忍术——叠城。这是身处室内被敌人围攻时，能够就地将房间化为城池的唯一方法。

榻榻米堆起的城下，是地板，而地板下的空间，则相当于凿出的水渠。要说这是室内的城塞，也无不妥。

对从下方爬上来的敌人，能够从制高点进行攻击，而穿过风门进来的那些，则能用手里剑来应付。对方若是使用暗器，榻榻米同样能起到防弹壁的作用。

一个、两个……不停有人在黑暗中袭来。而才藏都运用巧妙的身法一一化解。到第四个人的时候，才藏突然察觉到了什么，立刻收刀隐蔽起来。

（这些根本就不是风魔，而是伊贺甲贺的人啊！）虽然他们受雇于德川家，但到底是才藏的同乡，又让他怎么忍心下得了手。再说，对方想必也不知道潜入这个宅子的大坂刺客，其实就是伊贺的雾隐才藏。

于是才藏小声地朝着黑暗嘀咕了几声："我是雾隐。是来杀狮子王院的。不要徒增无意义的伤亡。"

"哎呀！"才藏报出名号之后，黑暗中的一个身影出现了动摇。

"这不是小平次吗？"才藏听到声音后立即询问。

"是才藏大人？没错，在下正是伊贺上柘植的小平次。现在被骏府城雇佣。才藏大人原来去了大坂那边吗？"

才藏沉默了一会儿，回答："就算是吧……"

"这长屋里住的半数都是伊贺的人，剩下的还有甲贺忍者和风魔。"小平次为才藏列举了起来，"方才被才藏大人杀掉的是狮子王院的风魔下忍。看在同为伊贺忍者的分儿上，才藏大人你快逃吧。"

"说什么话啊，"黑暗中，才藏笑道，"就是不放走我也没关系。先告诉我狮子王院在哪儿。"

"恐怕是从书院前的庭院那边逃走了吧。那风魔平日里总是从庭院的外墙进出此地的。"

"感激不尽。其他的伊贺忍者那边，也劳烦你不动声色地将我的事告诉他们。彼此都应该避免不必要的牺牲才是。"

大家毕竟都是伊贺忍者。就算处于敌对双方，按规矩这点方便还是得给的。据说过去越后上杉谦信雇佣的伊贺忍者，就经常与甲斐武田信玄方的伊贺忍者在山中密会，交换各自手中的情报。

当然，也仅限于一些无伤大碍的情报，重要的机密当然是不能泄露的。有时候，忍者们也索性就把到手的信息当作刺探成果拿回己方阵营交差。

"如此，就照你所说……"说完，小平次消失在黑暗中。

才藏走出风门。像一抹影子般飞快地来到书院前。出现在他视线内的，是一座当时流行的仿禅院式的枯山水[7]庭院。

庭院整体以海景为基调，白砂作海面，其中立着的七块石头，就算是岛屿了。才藏走到白砂之海边，却突然畏惧地收住了脚。

不能从这里走。踩上去必然会发出声响，而此刻清朗的月光，也会将才藏的影子映在白砂之海上。

才藏无奈，只得躲到书院的回廊下窥探庭院中的动静。没过多久，（哦——）一个让才藏几欲叫出声来的情景发生了。

只见原本浮在白砂之上的其中一块石头，突然动了起来。那影子，想必是狮子王院无疑。

（被他发现了？）看样子应该没有。（他是准备逃离这里了吧）那抹黑影正准备翻越围墙时，才藏突然察觉到身后有人一点点在靠近：

"才藏大人，我是刚才的小平次。"

"那便是……"小平次压低声音，指着远处的黑影说，"狮子王院。那个人总是先翻过那座围墙，然后再越过另一面墙出去。既然正好被你撞见，才藏大人你不如绕到外面去伏击他。"

"还有其他的路?"

"请跟我来。"小平次将才藏带到书院后面,指着眼前的那堵围墙说道,"翻过这座墙,就能进到持佛堂。持佛堂后的墙外,有一条河。"

"河?"

"不错。那条河与骏府城外的护城渠是相通的。狮子王院每次从这里回城,都要坐船经过那条河。他的小船应该就藏在河边的芦苇丛里。快去吧!"

"真是帮了我大忙了。"才藏将手放在了小平次肩上,"站稳了!"手离开的一瞬间,才藏的影子已经飞过了那道墙,他是踩着小平次的肩膀跳上去的。

……没过多久,才藏来到了河边。正如小平次所说,芦苇丛中的确藏着一叶小舟。不消片刻,随风而动的芦苇丛的形态发生了些许变化。

(出现了!)一个身影拨开芦苇,向这边走来。才藏屏住呼吸,让自己的精神与黑暗融为一体。

黑影没有发现他的存在,又近了一些。

(来了!)说时迟那时快,才藏拔刀出鞘,收割般地将身旁芦苇的下茎一齐斩断。而狮子王院的双脚,也正在那丛芦苇之中。只听得骨头断裂的声音和"啊"的一声哀鸣,那一瞬间，才藏原以为黑影该向一边横飞出去，没想到对方却倒立过来。当才藏再次握好刀准备出手时，发现那人正准备以手代脚逃走。

真是了不得的技能啊。

那人的双脚被从脚踝处斩断。空气中弥漫着血的气味。然而他的双手却丝毫不比脚程慢。才藏在河滩上一路追赶，竟然敌不过对方飞快逃窜的速度。那影子逃跑的样子，简直就像是海星在用脚站立奔跑一般。海星跑到小船边上，身体一下子就砸入船内，那股力道顺势将船推入河流之中。

（糟了！）才藏将刀衔在嘴里，正欲纵身下河——

"才藏，放过我吧！"河流之上，传来了狮子王院的声音，"我认输了。我这次失血过多，想来活不长了。我不想让人见到自己难看的死相。"说着，小船消失在了黑暗的河面。

才藏没有追上去。狮子王院大概打算随船一路漂入海里，然后让自己的尸骸随之沉入海底吧。至少他是这么认为的。

注释：

【1】采配：原意是日本战国时代武将指挥作战的道具，一种指挥棒，木质长柄，柄头密缀纸条或布条，挥动时可互

相摩擦发出响声，一般物头（队长）以上才可以用其指挥作战。衍生为指挥之意。

【2】真田信纲、真田昌辉：两人分别是真田昌幸的大哥与二哥。天正三年（1575年）长筱之战中双双战死。

【3】田乐舞：一种平安时代中期形成的日本传统艺能。

【4】中子：刀条。

【5】安倍川：日语中安倍与阿倍发音相同。

【6】化生：佛教用语。无所依托唯依业力而忽现于世间的存在。

【7】枯山水：日本本土的缩微式园林景观，多见于小巧、静谧、深邃的禅宗寺院。枯山水用石块象征山峦，用白沙象征湖海。只点缀少量的灌木或者苔藓、薇蕨。

东军西上

那之后数日内，雾隐才藏辗转逗留于骏府城下的镇守神社、辻堂、废寺之间。城下已是兵马骚动。家康的阵触，已经过了三天。

以骏、远、叁[1]三国为首，近邻的大小名部队也陆续向城内涌入。骏府城内的家士为安顿这些兵马，忙得不可开交。城下的本阵、旅店，甚至富农的宅院都已经无法满足需求，兵马将城外一些村落小百姓的家宅都挤了个水泄不通。

才藏前一夜宿在慈悲之尾山的废寺里。当他走下山脚，从松树背后眺望充斥着兵马尘埃的街道以及袅袅炊烟时，不禁露出了一丝苦笑。

"这下白天别想出门活动了。"才藏身边依旧跟着佐助留下来的名叫六部的忍者。

"我在城下搜集情报的时候，听到大御所会在明日黎明动身。"

依这个甲贺忍者探听到的消息来看，东军会分两路行动。第一军，由家康亲自督阵。由海道出发，一边吸纳沿途大名的兵力，一路上京。

第二军的总大将则是由江户将军秀忠担任。他会暂时留守骏府城，待到关东、奥州其余大名进入江户后再一同西上，与第一军在京都会合。

此外，中国、四国、九州即西国的大名们还会带上各自的部队赶赴京都，加入家康及秀忠麾下。

"如此一来……"甲贺忍者亢奋地吞了一口唾沫，"差不多十月中旬过后，日本全国大部分兵力就会到达京都町内与郊外了。"

"已经向大坂报告了吗？"

"那是自然。"

"也是。"才藏心里又佩服起幸村来。

佐助虽然返回了大坂，但东海道真田谍报网的活动丝毫没有受到影响。东军的动向、人数等信息随时都在传回大坂。幸村足不出户便知天下事，甚至还能从情报中窥视到家康的心情变化。知己知彼，才是战略之精髓。

"真是当世难得的军师啊。"

"的确如此。"连这个负责跑腿的甲贺忍者，言语之中对幸村也佩服得五体投地。

"或许……"甲贺忍者又开口说道，"这将是决定天下的最后一战了吧。不论胜败，如吾等之辈能为那样的大将工作，今生无憾啊……说起来……"

"怎么？"

"雾隐大人你接下来作何打算呢？"

"当然是设法杀掉家康啰。可不能输给真田大人呐。"

"真是大胆呀。"甲贺忍者面带诧异地盯着才藏瞧了半天。

庆长十九年（1614年）十月十一日，德川家康从骏府出兵。

当时他并未穿戴甲胄，身着轻装，手执一杆马鞭的模样，活脱脱就像个去赏红叶的隐居富商。

他带在身边的兵士不过五百余人。那张属于七十三岁老将的脸上，全然没有关原之战时的紧张之色。虽然战争还未开始，但仿佛家康早就对吞并大坂一事稳操胜券了。

家康的军队早上十点从骏府出发，在到达准备作为第一夜野阵的骏府田中时，已经是下午四点了。田中距骏府不过五里。这行军速度堪称悠闲从容。

田中村地处距离东海道藤之驿站只有十町的偏僻山村（后来改名西益津村，也就是现在的藤枝市）。地如其名，是个只有百户人家的田园小村。但这座小村庄的夕阳余晖和夜色中，却有一个古色苍然的城影耸立。

田中城是家康当夜的宿营地。这座东西长七百八十间，南北只有二百八十间的乡下城池，也经历过战国腥风血雨的洗礼。

这里原本属于今川义元家，由长谷川正长驻守。今川灭亡后，城池辗转落到甲斐武田氏手里，武田家不复存在后，城池才被德川家占据。如今是家康隐居所在骏府城的哨城。

家康到达时，京都所司代板仓伊贺守胜重的使者的场余右卫门已在城中候着了。板仓伊贺守实质相当于西国探题[2]，作为京都大坂方面情报的负责人，每日都会遣使者送报。

家康让本多上野介正纯立即将使者带入，正纯却跪拜道："长途跋涉，想必您也有些疲了。就让在下去代为听取报告吧。"正纯是自幼追随家康，常伴其左右的谋臣，自骏府出发这一路上，他充当家康的副官兼参谋长。

"弥八郎。"家康用通称招呼正纯。那将手肘搭在胁息[3]之上，让小姓揉着腰的模样看起来十分苍老。唯独一双眼睛依旧神采奕奕，炯炯有神。

"别把我当老年人啊。"看来心情不错，"我可比你多吃了二十三年的战地饭，从刀山箭雨里一路闯了过来。不过就听听战事罢了，哪里会觉得疲惫？让他进来！"

由使者带来的情报来看，家康的作战方针面临一个重大的问题。

"大坂方将粮食弹药统统运入城内,差了数百位工匠在外城郭筑起城壁,修建城橹,看样子他们军议的结果,是准备要笼城[4]了。"

从板仓伊贺守那里听到大坂方的作战方针后,家康的脸沉了下来。

"要攻城才行啊……"那个时代,恐怕再没有实战经历比他更长的武将了。然而这个在征战中活了半个世纪的男人,虽然野战所向披靡,却不太会攻城战。

在这一点上,他与上杉谦信相似,武田信玄则是野战、攻城双全的天才。丰臣秀吉在攻城战上也有着独树一帜的才干。

而攻城名人秀吉,站在守备方的立场不惜耗巨资设计修筑而成的,正是大坂城。它作为要塞的规模,不仅在日本国内,就是放眼当时的大明、吕宋及南蛮之中,也算得上庞大了。

(这下头疼了……)家康自年轻时起就悲伤不形于色,但在他烦心或者高兴的时候,却会像个少年一般把什么都写在脸上,这应该算是他的优点。正因为家康有如此招人喜欢的一面,才能在部下们的爱戴拥护中最终取得了天下。

使者退下后，本多正纯凑到家康身边说："就算大坂城固若金汤，但守在里面的到底只是一些无处谋生的浪人而已。"

"弥八郎，你果然太嫩啊。"家康自然也不是任何时候都悠闲散漫的乐天派，"要知道，就算倾天下之兵力攻击大坂城，也与赤手空拳去砸开海螺壳无异呀。"

"海螺么……"

"要勉强去砸，痛的可是自己的手。越是用力，到头来肉绽骨碎的也是自己。"

"就是说不能硬碰硬，要运用策略将内部的肉身引出壳外再行事？"

"只能如此了。"就在这个时候，家康的脑中浮现出了将大坂城的外渠填埋起来的方案。

这一夜，家康在让侍医为其针灸之后，于晚上八点左右就寝。在与他寝室只一面隔扇相隔的房间里，有十个手持刀具，一言不发正襟危坐的值夜武士。

然而深夜子之刻刚过，阵中的目付城和泉守昌茂在城内巡视，拉开值夜人所在房间门时，吓得差点叫了出来。

那十个人竟然都垂头打着瞌睡。

"喂！"和泉守挨个敲着膝盖将他们叫醒，立刻警觉到"该不是有忍者潜进来了吧？"他很早就知道伊贺甲贺的忍者在潜入城中时，通常都会使用幻戏。

由于打瞌睡时被阵中目付撞了个正着，值夜的武士个个都脸色苍白。目付城和泉守昌茂将房间每一个角落，甚至天花板的缝隙都仔仔细细查了一遍。

"有问题。"

"您的意思是？"

"或许有刺客进来了。"和泉守用手势止住了那些正欲跃起的武士，"少安毋躁！这样反而会中了对方的计。"

和泉守招来了自己的手下，令他立即将情况报告给榊原伊豆守："叫他加强城中警戒！"

"遵命！"

片刻后，走廊上频繁地响起来往的脚步声。此刻的雾隐才藏，正蹲在天花板里的屋梁上，俯视屋内的动静，满心不甘。

（撤退么？）在家康到达之前，才藏抓准京都所司代板仓伊贺守急使一行人入城的时机混进来后，便一直潜伏在城内。

下方屋内的光，从天花板的缝隙里透上来。不久，底下传来了和泉守的声音："大御所还在就寝吧？"

（他已经起床了！）此时才藏真想亲自告诉他。

其实家康在听到骚动后就醒了过来。此刻他正盘腿坐在被褥上，将佩刀放在身边。才藏不得不感叹，家康果然不是等闲之辈，到底是在马背上打下天下的男人，靠的绝不仅是军事和策略上的才能。

虽然他外貌愚钝，但自幼喜好刀术。自三河时代，就已经得到有马流流祖有马大膳时贞的真传。他听闻谱代奥平贞能家臣奥平休贺斋（别称奥平急贺斋）遍历诸国，开创了神影流后，即刻将其招揽。并于天正初年（1573年）取得神影流免许皆传。

家康的剑术绝非老爷们的摆设，他对剑术的见识见解亦十分高明。

一次，他在看过上泉伊势守推荐的疋田流流祖疋田文五郎景兼的刀技之后，评价道：

"当真不愧为古今之名人。但士卒之刀术，终究教不出大将之才。"并拒绝了伊势守的推举，选择了新阴流出身的柳生又右卫门为德川家子弟的指南役。

家康怀抱佩刀，静静地四下环视一圈，突然把刀往榻榻米上一扔："谁?"

"是我，和泉守。"隔壁房间内，城昌茂跪在地上回答。
"军中不必多礼，把门打开吧。"

门被拉开的时候，家康已经用手托着脑袋横躺在被褥上了。

"我感到天花板里有忍者在活动，叫几个人上去看看！大概他已经逃到屋顶上去了，加强屋顶上下的搜索吧。"

……如家康所料，才藏已经逃到屋顶上。

为了足以抵御外敌，城池的外部修筑得十分坚固。不过，只要潜入内部，就不愁没地方藏身。

才藏用钩爪抓住屋檐，沿着一条细麻绳像蜘蛛一般滑到地面。他落地之处站着一个足轻模样的男人。那人背对他，并未察觉才藏的存在。才藏突然上前掐住那人的脖子，令他失去意识，再扒下具足穿在自己的忍者装束外，然后拿上足轻手里的长枪和松明，从容不迫地向本丸的反方向走去。

才藏打算在位于西面的二之丸内找个地方先藏起来。等家康离开后，警备自然就会松懈，到时候再逃出城也就容易多了。

他走上通向二之丸的石台阶时，看到一群负责守卫的人正围在门前的大篝火边。

"什么人？"

见才藏并未停下，有几个人便掌着松明向他走去。

"在下是枪组高木胜之助大人的手下，名叫权藏十内。"

"你这是要去哪儿？"

"是这样……"才藏指了指手中熄灭的松明,"这松明沾了湿气,可否让我从那边的篝火里取一根烧得比较旺的木柴来用?"

几个人信了他的话,让出了道。才藏走到大篝火前,将松明扔了进去,挑了一根新的木柴拿在手上。

这个时候,本丸方向传来了马蹄声,须臾就见一个骑马武者模样的人来到门前。

"三之门的各位!有刺客潜入!燃起篝火!切勿松懈!"骑马武者吩咐完毕策马离去后,门前的人不约而同地向被火光映照出的才藏那张脸看去。

"这家伙,挺面生啊。"

"是吗?"

才藏依旧一副不慌不忙的样子。

"说你呢,当真是高木大人手下的人么?"一个戴着头形头盔的物头(将校)模样的人追问。他使了使眼色,一个足轻转身离开。看样子是要去枪组的物头高木胜之助那儿确认情况。"你要是高木大人的手下,那昨日阵前所宣的军法,想必你很清楚啰?来,说说看。"

家康的军队离开骏府城时,曾定下过十一条军令。军中应当无人不晓。

"第一条，严禁争吵！"要是潜入敌方阵营，却连对方的暗号和军令都摸不清，那还算什么忍者。才藏自然早有准备。

"哦，说得好。第二条呢？"

"记不得了。"

"那就说第三条！"

"擅自与其他势力来往者，没收其武具坐骑！"

"说得不错。"虽然看似解除了嫌疑，但物头的目光并没有从他身上离开。

才藏若不能通过三之门进入西之丸，就难有藏身之地。所以他必须过，也有信心能过去。他的自信来自刚才被扔进面前大篝火里的那根"松明"。才藏目不斜视地注视着开始燃烧起来的松明。

"噢！"物头忽然大叫，"这家伙的衣着有问题！他里面穿着链甲！"便在此时，收到通报的高木胜之助带着十来个足轻从石阶上冲了下来，看样子是来确认才藏身份的。

"慌什么！"才藏的笑声中带着讥讽。他迅速脱下具足，亮出忍者装束，"我乃大坂真田左卫门佐幸村大人麾下雾隐才藏是也！深夜前来为向大御所阁下请安。现在我要出城了！赶紧给我把门打开！"

"你这刺客！"当枪阵将才藏死死围住的时候，门前的大篝火轰然炸开。

"啊!"

才藏方才设下的火术发动了。四周顿时烟雾弥漫,却不见了才藏的踪影。身穿具足的众人,在烟雾中如无头苍蝇般乱窜时,一个声音在他们头上响起:

"我还会再来的。"其中有两三人后来证实他们听到的是这句话。

"哎?可我听到的是有人毫不在意地在唱今样之歌呀。"也有这样的说法。

"有这种事儿?"

"想不到一个伊贺忍者,行事却如此豪气。"

自骏府田中城这一夜后,真田幸村、雾隐才藏之名就成了变幻自如的代名词,在德川军中不胫而走。

此后,一路向西的家康本队人马按着——

十二日　挂川

十三日　中泉

十四日　滨松

十五日　吉田(现在的丰桥)

十六日　冈崎

十七日　名古屋

——的进程在海道上一步步推进。

进入名古屋城时天气骤变，入夜还下起了倾盆大雨。出于无奈，十八日家康只得在城内多滞留了一天。途经滨松城的时候，家康已经从京都所司代板仓伊贺守那里拿到了大坂入城客将的名簿。

打头的便是真田左卫门佐幸村。接着是土佐旧国主长曾我部盛亲、后藤又兵卫基次、仙石丰前守宗也、毛利丰前守胜永、增田兵大夫盛次、平塚左马助、大谷大学吉胤、堀内若狭守氏弘、同大和守氏满、同主水氏久、同主膳氏时、氏家内膳正行广、明石扫部全登、浅井周防守长房、淡轮重政。

不论哪一个，在关原之战前都曾是一国一城的大名，或是贵为大藩城主之人。

"不就是一群落魄浪人的头领么，能成得了什么气候！"本多正纯看了名簿，不屑地说道。

家康却并未附和于他："万不得掉以轻心。这里头诸如幸村、又兵卫般的人才，在我的谱代之中也少有啊。有他们助阵，大坂又坐拥坚城，加上右大臣家的金银。要是战线拉长，保不准眼下还臣服于我们的毛利、福岛、加藤和岛津这些西国大名的战旗，就会被西风给吹偏啰。阵前松懈可是大忌啊。"

十七日那天，名古屋城内城外的警戒之森严，可以说到了异常的地步。因为夜里的大雨，露天无法燃起的篝火只得转到屋檐之下。于是乎城中各层建筑都被屋檐下的火光照得通亮，从城外看去，整座城灯火辉煌，好一幅不夜城的景象。

这样做，是为了防备忍者。才藏在田中城留下的那句"我还会再来的"，让全军陷入了神经过敏的状态之中。

（这下是潜不进去了。）才藏打扮成醍醐三宝院山伏的样子，走在晦暗的名古屋城下的路上。他的目的地是佐助留在名古屋的甲贺忍者的藏身之所。大雨还在无情地泼洒着，才藏已经浑身湿透。

在名古屋的七寺附近，有一个卖干货的小屋。说是商人，但并无店面，只能算是行商。这家的主人叫左平次，是个独居在七寺长屋中的六十多岁的老人。本人云："过去侍奉过西国的一个小名，作为足轻曾多次上过战场。"当然，都是瞎编的。

因为这个左平次老爹喜欢给人讲一些在诸国行商时遇到的稀奇事儿，或是用风趣的口吻吹嘘自己年轻时的风流史。从名古屋城下到宫（热田）的驿站，只要说起"说书的左平次"，别说是城里的普通人了，就连武家奉公人之中，也是无人不晓。

这个左平次，也是一个甲贺忍者。忍者这一行，至多也就能干到四十岁上下。上了年纪以后就只有由伊贺或甲贺上忍家养着，直至终老。不过也有一些工作，只有老忍者才做得了。

他们常驻在京都、大坂、江户、东海道的各个驿站。一边做着其他生计，一边将在本地搜集到的情报不断送回自己上忍之处。左平次老人亦是如此。他一直通过猿飞佐助在暗中接受着真田幸村的援助。

（是这儿？）醍醐三宝院山伏打扮的才藏终于站在了左平次家屋檐下，此时已是十七日的日落后小半刻了。

才藏敲响了门。屋里传来老人的咳嗽声。

"哪位？"

"我是醍醐三宝院的修行者，叫做赤根坊。"

屋里突然没了声音。才藏所用的这个名字，自然是事先已经知会过的。

"你这是来干什么啊？"左平次问话的时候，刻意大声地让附近都能听到。

才藏将早就准备好的说辞搬了出来："去年我来名古屋时你拜托我求的祈祷护符，今天我给你带来了。快把门打开吧，这瓢泼大雨快把我都给淋透啦。"

哗啦一声，拉门开了。

才藏刚走进阴暗的土间，左平次躬着老腰，把烛台凑近才藏，上上下下地打量起来。

"好面相！早就听说过伊贺雾隐才藏的大名，当真是百闻不如一见。在下……"他换了一个武家风格的口气，"……左平次。"说完一咧嘴，笑出一脸的褶子，"有个姑娘一直在等你，这十来天每天都不停地念叨'才藏大人还没到吗'，让我这耳根子不得清静啊。"

"哦？是谁？"

"见面你就知道了。"

左平次家与其说是家宅，不如说是个小屋。虽然有地板，却一张榻榻米都看不见，全是木头。热天就铺草席，冬天就只得在土间里堆上干草凑合，这样反倒要暖和一些。屋子里连隔扇也没有，倒是有一座老旧的屏风。不用说，天花板上也是空空的，能遮风挡雨的，就只有一层木葺的屋顶了。

其实不单是左平次家如此。这大致是同一时期，从乡下出来的大部分下级庶民家的范本。

"左平次老爹，"才藏脱下被雨淋湿的山伏装束，只剩一条兜裆布，"能给我一条干布吗？"

"哦，你看我这糊涂得。"

待才藏擦干身体后，左平次从里屋拿出一件丝织的白色小袖。

"穿这个吧。"那衣服怎么看都跟这间屋子格格不入。仔细观察还能瞅见上面的葵花纹样。

"是偷来的吧。"

忍术又名偷盗术。特别是下忍之中，不乏以偷盗为癖好的人。就像武士以战场上取得的人头为傲一般，他们则是以所盗物品的珍贵程度来显示自己的高超技术。

"这上面的，是葵花呢。"

"不错。"左平次嘴咧到了耳朵根。看来大概是他从德川族人的藏衣室里给顺出来的。

"你时不时会进城去？"

"闲得无聊的时候。"

"这把年纪还能潜入城内，当是有一身好本领了。要不明天跟我同去，一同取了家康的人头如何？"

"不，"左平次顿时慌了神，"不可能的事儿！我偷得了东西可不代表我杀得了人家的大将啊。再说了，今明两晚城中守备又是异常森严，才藏大人你也千万莫要铤而走险。要是有个万一，有人会为你落泪的。"

"有人落泪？"才藏一转身，就见小若噙着温柔的微笑站在面前。

（竟然是这女人，麻烦了。）当然，才藏是不会将情绪写在脸上的。

"你什么时候来的？"

"十天前我就在这里等着了。"

"我以为你随佐助他们一同撤回大坂去了。"才藏尽量拣着比较生分的措辞，他担心一旦表现出哪怕一丁点的熟络，就会被小若乘虚而入。

"是佐助大人让我在名古屋等你的。从这儿到京都的街道上，处处都是关东设下的警卫，你一个大男人行动终归不大方便。要是与小若以夫妻之名上路的话，就毋需再多顾虑了。"

听到这儿，才藏到底还是露出了郁闷的神色。

夜深了。雨还在下。

小若忙前忙后地把散发着阳光气息的干草堆在土间里。

"晚安。"

"左平次老爹去哪儿了？"

"今晚他是不会回来的。"小若莞尔一笑。

才藏想到自己估计又被算计了，绷着一张臭脸。

"你那是什么表情啊？"

"我可不觉得自己露出了什么奇怪的表情。"

"这附近有座真言寺。听说今日有法会，左平次去参笼[5]了。附近的信者都会参加，彻夜听经讲道，闲话家常。"

"哦，在法会上探听各种家常传闻什么的，也算是左平次的工作之一。"

"所以呢，可不是小若意有所图才把那老人支出去的哦。"小若说这番话时，手上也没闲着。她用布条缠起长发，脱下小袖换上了寝服。

"你打算睡哪儿?"

"真是薄情呢。"话音刚落，小若身子一扭就钻到了才藏身边。

"我说……"她把头埋在才藏胸口，吃吃地憋着笑，也不知有什么好乐的。

"我说啊……"还是重复这句话，"你讨厌我?"

才藏没出声。

"才藏大人肯定是讨厌小若这样的女子。不过就算被你讨厌，我也不会放开你的。你就死了心吧。"

用作寝床的干草变得暖烘烘的。小若炽热的大腿缠在才藏身上，而才藏却如老僧入定般一动不动。

"我说……"

"小若。"

"什么事儿?"小若满心期待着才藏的枕边细语，谁知等来的却是黑暗中才藏深沉的声音。

"左平次原本是你生家甲贺望月家的下忍吧？"

"哎哟，这个时候怎么提起左平次来了。"

"他的命，能交给我吗？我想带上左平次，让他为我带路潜入名古屋城。不论用怎样的手段，我都必须见到家康。我和佐助、真田大人有约定，开战之前非除掉敌方的大将不可。"

"什么左平次啊，家康的，可不是这个时候该挂在嘴边的名字。抱我嘛。"

"这是男人的执着。"

"你以为女子就没有执着了？"

"有吗？"才藏是真吃了一惊。

只见小若咬着下唇，有些愤愤地说："小若的执着，自然是跟才藏大人心里那些不能比的。"

小若枕在才藏胸口上，沉沉地睡下。想是温存之后有些疲了，才藏用手碰了碰她，她也只是嘴唇微启，继续发出绵长的呼吸声。

（可爱的女人。）这会儿，青子、阿国、隐岐殿的模样突然相继浮现在才藏的脑海里。在洛北八濑的澡堂嗅到了隐岐殿身上的异香，让他歪打正着地认识了青子，也正是因为这层关系，自己才投身至关东与大坂舞台的幕后。

（仔细想来……）还真是被女人牵着鼻子走呢。才藏辗转在一个又一个女人中，一步一步地被带入各种新的局面里。而现在身旁躺着的小若，又会将自己引向何方？才藏一想到此，不免也觉得有些可笑。

他认识的每一个女人，都为了自己的人生在努力地、鲜明地活着——除了阿国。只有她，总给人一种内心深处在为自己命运中的阴暗自怜自艾的感觉。也不知她如今身在何处。

最后一次见到阿国，是在江州的草津之宿。不过既然她实际上却是关东间谍的身份已经暴露，大坂应该是回不去了。大概在关东投靠谁了吧。

"才藏大人。"不知什么时候，小若已经醒了过来，"让我来猜猜。你现在是想起某个伊人的事儿了吧。"不愧是甲贺上忍家的女儿，仅凭直觉就能将对方的心看得如此透彻。

"小若，你听听屋顶上的声响。"才藏的声音有些阴沉。

"声响？"小若惊讶地问，"声音有什么特别吗？"

"雨变小了。"

"变小了又怎样？"

"会有麻烦。"才藏的确十分为难，"要是这雨没法下到明天，我就会失去刺杀家康的机会。再下一天的话，家康就会在城里多逗留一日。"

"关东的军队抵达大坂还有一段路程，这期间也会继续在各地扎营留宿。不必如此拘泥于在名古屋动手吧。"

"不，名古屋是最佳时机。只要曾多次潜入城内的左平次愿意相助的话。"

东方泛起鱼肚白时，左平次从法会上回来了。

"小姐。"过去曾身为望月家下忍的左平次一直这么叫小若，"请转告雾隐大人，大御所今日依旧会在名古屋停留。"

"左平次，你昨晚不是去听法会了吗？"

"不，其实我是去探了探情形。"

"去哪儿？"

"名古屋城。"左平次笑得跟没事儿人似的。

名古屋城由家康命北国及西国诸大名在庆长十五年开始动工，十九年的时候，城体才基本完成。那时候的名古屋城，崭新的木口和泛着银色光辉的屋顶瓦与周围的景色还不太协调。这座当世巨城，仅是天守阁上装饰的黄金鯱[6]，换成小判也值一万七千九百七十两之多。日间眺望城池，白色的城壁衬着指向海道蓝天上的金色光辉，巍峨坚挺的雄姿映射出德川新政权的威严。

第二天晚上。依旧阴雨绵绵。

才藏和左平次身着蓑衣，一前一后走在城后左内村的田间陇道上。据说从这个位置是最容易潜入的。

话虽如此，可看着大小天守阁各层上以昏暗的天空为幕支起的篝火，石垣上各橹的屋檐下如串珠一般列起的火光，才藏心里不禁打起了鼓。

不仅城郭内，四面的外墙各处也建起了临时的哨岗和屯所。那阵势，估计连狗都别想偷跑进去。

"哎呀，这……"才藏站在雨中，痴痴地望着城感叹，"左平次，看样子恐怕进不去吧。你昨天真的摸进去了？"

"不，昨晚我就到了这儿，原本只想探探大致的情形，凑巧听到了哨岗里武士们的对话，才知道大御所今夜仍会逗留此地。"

"原来如此。"想来也是，听左平次这么说，才藏反而放下了心。要有人真能冲破这道严密的防线，成功潜入的话，那算是有神力相助了。

"只是……才藏大人。若能想法越过外面的护渠进入石垣，城内由我左平次来带路就成。"

（就先试试吧。）才藏给自己打了打气。他们将要面对的是超乎寻常的任务。

当他们靠近搦手门的时候，一骑巡逻的武士带着五个足轻朝着他们走了过来。

"左平次，就那几个，能一下都收拾掉吗？"

"没问题。骑乘武士就交给才藏大人了。"

五个足轻中的两人稍稍拉开了距离，走在最后。左平次从蓑衣中摸到短忍刀，唰的一下抽了出来。他把鼻子凑近刀刃，确认毒药是否充分浸涂，然后闪身消失在了黑暗中。

左平次悄悄摸到目标身后，用刀在脖颈上轻轻一划。受伤的人虽有痛感，却会认为只是被虫所叮咬而已，但只要再走二三十步，便会无声无息地倒下。这种捕杀方式伊贺流把它叫做"蜂"，而甲贺则称之为"虻"。

（哦——）才藏竖起了耳朵，（得手了！）雨中传来两次身体倒地的声音。若是行事缜密的忍者，为避免倒下时发出声响，通常会奔上前去抱住将要倒下的人，轻轻放在地上。看来左平次的本领还没到这个水平。

（挺行的嘛，左平次这家伙！）老忍者左平次演出的"虻"之杀戮技，让俯身躲在树影后的才藏看入了迷，就像在欣赏一场舞蹈。

只见左平次的身体化作一只虻一般，在雨中轻盈地飞向足轻身后。他手中寒光闪过，被划伤的足轻却毫不知情地继续冒雨前行。随着毒素蔓延，足轻最终毒发倒地。

……这是第四个。

第四人倒下时，最后一个足轻终于发现事有蹊跷，却为时已晚。他的脸上还保持着正欲大叫的表情，就再没了声息。因为他的头连同铁笠，都被从树后飞身而出的才藏手起刀落一并送上了天。几乎同时，才藏又伸手抓住了马上物头的脚。

"你，你要干什么！"物头还没来得及握好手里的长枪，便被拉下马来，摔进泥水之中。

（虽然有点儿碍事。）当才藏的身影从泥水中站起时，已经穿好了铁胴具足，戴好了桃形的头盔。

"左平次，马！"

"遵命！"左平次麻利地牵来了马，自己也穿上了足轻的具足。

"把松明拿上。"

左平次又拾起还未熄灭的松明。

"我们走！"

左平次攥上马嚼子，才藏手持长枪，两人一前一后，径直朝搦手门而去。

（只要能到那门前，总会有办法。）

视野中的篝火越来越近。前面就是搦手门了。这边的警备分成了两队，一队负责门前，另一队在门前的搦手桥桥头上。

才藏来到桥头，朗声道："在下是泷川丰前守家臣'某某'！"，他刻意将那个"某某"说得含糊不清。泷川丰前守是阵中的目付之一，他的家臣在城外巡逻也并无可疑之处。

"有刺客！"他把声音又拔高了一些，"我在那边松树旁的路上，发现了被袭击的骑手和五个足轻！"说完就掉头消失在黑暗中。

哨岗的武士们目睹这一幕之时，便已经中了才藏的诈术。看似扬鞭而去的，实际上只有噔噔噔踩着蹄声的马。才藏本人早已下马，趁人不备躲入了相反方向的石垣后面，脱下了笨重的具足。当然，左平次也一样。

才藏与左平次反身贴在桥板下方。诸如飞檐走壁、倒挂行走，对忍者来说都是常用技能。而反身贴着天花板或其他物体移动的招数，叫做吊走。

"左平次，你会吊走吗？"才藏所说的吊走，是反身抓着桥板间的缝隙前进。倘若手足的指头没有超乎常人的握力，是决计做不了的。

"别因为我是老年人就小看我啊。"

"那就是会咯。"

"自然。"

两人反身挂着从桥板底下走到门的附近。此时才藏和左平次的正上方，就是守卫了。他们之间只隔了一块桥板而已。

才藏小声吩咐道："左平次，准备好烟玉。"

"是！"

"这便上去了！然后按照之前商量好的行事。"说完两人就从桥底翻了上去，蹲伏在栏杆的死角里。

门前站着的三个足轻，每人手中都握着长枪。篝火虽燃得挺旺，到底还是照不到太远的地方。才藏扯了一下左平次的衣袖，示意他把烟玉扔进篝火。

左平次点头，四颗脱手的烟玉像是被吸过去一般，纷纷落入火光之中。足轻们并未发现这一异常。左平次又掏出三把十字手里剑，右手手腕一抖，十字手里剑划出三道破风声，不偏不倚地刺入了足轻们的咽喉。

（不简单！）才藏惊讶于左平次竟有如此神技。

被刺中的足轻发出古怪的叫声，倒地挣扎，铁笼里的篝火仿佛与之呼应般"轰"的一声爆开，数股浓烟应声喷出。一瞬间，搦手门就被笼罩在白烟之中。此刻，才藏与左平次已经用忍钩抓上门梁，轻松地跳上了屋顶，落在了石垣上。

"乱了吧，不过这会儿任你怎么慌也是徒劳啦！"看着桥上像无头苍蝇一样乱窜的人，左平次张开大嘴做出大笑的表情，却没有发出声音。这人虽然上了年纪，但内心里是真的对忍术欲罢不能。

"左平次，你瞧瞧背后。"

左平次的背后，自然就是城内了。此时映入两人视线中的，是听到骚乱后急忙赶至的松明的海洋。

火光将周围照得通亮。终于，站在松树下的两个人影也不出所料地显现在了守军们的面前。

"雾隐大人，接下来怎么办？"左平次看着下方不停涌向他们的一大群守军，也有些慌了阵脚。

"看来说书的左平次，却要战死在名古屋的城壁上啦。"

"忍者战死还真挺少见的。"才藏扑哧一笑。与武士相反，忍者以战死为耻，决不是值得夸耀之事。

"那咱们不就算给将来的甲贺、伊贺贡献点笑料了么。"左平次缩了缩脖子，这人连如此关头都不忘要说笑几句，"雾隐大人，如此情形之下，你仍然想要取大御所的项上人头？"

"别提他的脑袋了！这样子咱们想要接近本丸都难！撤吧。"

"的确。看来大御所是命不该绝。不过都走到这儿来了，不去跟他请个安，总觉得挺可惜的。"

"把笔墨盒给我！"

"这儿。"

才藏接过纸笔,挨个儿写下了六个字,然后拔出小刀,将纸条钉在松树上。纸上用粗线画着六个圈,并排成两列。

"画的可是六文钱?"

这是真田幸村的家纹,也就是表达"真田幸村前来拜访"的意思。

"这样就行了。"

"真是个好主意啊。敌方看到这个,准会吓破了胆的。"

"那么,左平次——"

"就此一别,稍后于七寺的在下家中再会了。"

说完两人高高跃起,一左一右消失在了黑暗之中。下方的松明分头追向了两边,然而终究都是无果而返,只剩下四蹄的火光。

天快亮的时候,才藏回到了七寺的左平次家。

小若上前问道:"结果如何?"

"左平次回来没?"

"还没有。"

才藏扭过头,脸上露出些许担心。相反小若却十分淡定,想来是对左平次的能力相当有信心。

就在这时,远处名古屋城的上空,响起了螺号的声音。这是家康出城的信号。按照计划,大队人马出了大手门后一路南下，然后从东海道宫的驿站往西行军。

"小若，这里已经不安全了。"才藏迅速地换上了浪人模样的衣袴，一边招呼小若，"快穿上旅行用的衣物。我们得离开了。"

才藏的担心不是毫无道理的，因为行军部队的一部分，恐怕就会从这个小屋门前通过。队伍从町中经过时，往往会让足轻对沿路的宅子进行搜索，并让居民悉数出来跪在路边送队伍出行。

注释：

【1】骏、远、叁：骏河、远江、三河。

【2】探题：产生于室町幕府的重要地方职制之一，应仁之乱后，成为虚职。

【3】胁息：日本古代席地而坐时用于搭上手臂的用具。

【4】笼城：坚守，据守城池御敌。

【5】参笼：指闭居于神社、寺院中斋戒祈祷。其时间长短不一，有一昼夜、七日、百日、千日等。闭居时，远离世俗生活，并在斋戒沐浴、读经、礼拜之外，兼修断食、水垢离（敬神祈祷时，在身上淋水以除不洁）、不眠不卧等苦行。

【6】鯱：日本汉字，指一种传说生物，以及以该生物为原型的屋顶装饰。

鷹之峰

这之后，才藏在家康军队的各个缺口中穿梭、跟进。因为身边带着小若，出乎意料的不容易被怀疑。就算在路上遇到问讯，只须说："在下是肥厚阿苏大宫司家家臣斋藤缝殿。这是内人小若。在下在鹿岛、香取两社办完事，眼下在返家途中。请让我们过去吧。"然后再出示印有伪造的阿苏大神宫家的花押的手形即可。

不过，在近江草津之宿时，他们遇到的宿割奉行[1]，是家康的旗本。而这个叫落合小平次的人恰巧过去曾是尾张国二宫大县社的神主，因此颇有些刨根问底的架势。

"你身边竟一个人也不带，未免太可疑了吧。"

"在下原本有两个随从。然而肥后到关东路途遥远，途中病死了一个，另一个也与我们走散了。"

"那你把阿苏十二神的神名都说说看。"

既然假冒神宫家的人，这种程度的知识自是早有准备。才藏轻松地就答了上来。可落合却接着问，

"祝词呢？"

才藏高声地咏诵了祝词，忽然心念一动，说道：

"在下索性再为东军的胜利做一场祈愿如何？"

"没必要！"

后来小若为这事埋怨才藏。

"你怎么能说出那样儿戏的话，要是他真让你去永井（位于草津以西二里半的家康宿营）的本阵祈愿该如何是好？"

"当然就去啰。"才藏躺着没动，继续说，"草津离甲贺不远。你又是甲贺望月家的女儿。到时候就派些人手打扮成神主，我再带上他们进入永井宿营，焚火祈愿，也不失为一件乐事啊。"

"原来你盘算着利用假神主的身份靠近大御所，然后下手啊。"

"没错。"

"真是个倔强的人。"

"你说我吗？"才藏失笑。其实就连自己也觉得这次真有些执拗了。毕竟骏府、田中、名古屋，这一路失手过来，就算放弃也没什么可惜的。不过在他心里，这件未了的工作，生生地成了一桩心事。

第二天，也就是二十三日清晨。面对眼前出乎意料的事态，才藏不禁目瞪口呆。他急忙叫了小若，两人一同沿着草津川的堤防走到了琵琶湖的岸边。才藏呆呆站在原地，视线落在不远处的湖面上。

朝雾开始散去，露出了湖面上飘扬的旗帜与船影。浩浩荡荡的船队，正一路向南驶去。中央那艘有四十挺船橹的大船，载着的显然就是家康。

看来由于这些天来忍者的屡次侵扰，家康亦是有所警戒，这才改变了计划，选择乘船由水路入京。

才藏望着船队（让他给跑掉了），不禁心生挫败。小若见他那副模样，不禁咯咯娇笑。才藏用凶巴巴的眼神愤愤地瞪着她的侧脸。

待他们回到草津驿站时，家康后军才开始陆陆续续地往街道的南面行去。

驿站上人马混杂。

"这下连茶也没法好好喝了。"

各处茶屋里都塞满了关东的兵士。屋外也能听到他们吵嚷的声音。三河口音、骏河口音、甲州口音，总之各种带着关东口音的唾沫星子四处飞溅。有的吃着年糕，有的喝酒，有的让店员把茶掺进竹筒，挤挤攘攘热闹非凡。

才藏站在街道上，问道："小若，肚子饿不饿？"

快到晌午时分，两人却连早饭也没顾得上吃。小若听才藏提起，一脸愁容地点了点头，"饿了。"

"我去给你买些年糕来吧。"

"才藏大人有时候出乎意料的体贴呢。只是那种乱哄哄的场面,买年糕着实不是件容易事儿。小若还可以再忍忍的。"

"没事儿。在这儿等我回来。"

"才藏大人……"小若满眼的畏怯,那是一个属于新婚妻子的表情。

才藏让小若在街道旁的一棵松树树荫下等着,自己进了茶屋。

舂年糕的臼摆在茶店屋檐下,旁边的蒸笼里蒸着糯米。只是那些蒸笼里的糯米一起锅,刚打在案板上还不待被揉成团子,便悉数让那些杂兵给抢了去。

(看来还真不好买啊。)

才藏毫不客气地扒开人墙,说着:"让开!"把那些杂兵推到一边。

"你,你是个什么东西!"

"滚开!"

"你说什么!"一下子上来两三个人,二话不说就扣住才藏的手腕,揪住了他胸口的衣服。也怪不得对方会发火,那可都是要上战场的人。

才藏啪地甩开肩膀,两手划出一个扇形,将抓住他的杂兵通通弹开。其中一个更是脚底打滑，摔到了地上。

"臭小子你想干什么！"

"竟敢找茬！"

旁边的杂兵见状嚷嚷着一拥而上。

"别碰我！"才藏用眼睛扫了在场的杂兵一圈，"凡是碰到我的人，不仅会因为天罚而武运骤降，还会逢战必伤！不信你们看这个！"

他从怀里摸出阿苏大神宫的大神符，接着说："都看着！我手里的可是在众多神明的神社中被誉为最灵验的阿苏之神的神符！而我，乃是大宫司家家臣斋藤缝殿。这年糕是我用来奉献给神明，祈祷你们武运昌隆的。难道你们还不乐意？"

屋里一片死寂。毕竟谁都惧怕会战死沙场。

照这个时代的风俗，神主是介于武士和公家之间的存在。平日里梳着公家大夫样式的发髻，但出了门就会换上武士的装束，佩上双刀。有时候甚至还有可能参战。

而才藏冒称身份中的"肥后阿苏大宫司家"，更是坐拥大片的神领，还养着一群被称作"神人"的武士，其地位几乎与大名无异。日常的一些祭祀由宫司或祢宜[2]主持，需要动武的时候，就让神人们出手。遇到战事，宫司就是总大将，祢宜自然就是侍大将了。阿苏神宫的神威与武威在关东区域也是众所周知的。

"这，这是阿苏的祢宜大人啊！"

"大家可得小心说话呀！"

这些足轻后生一听到对方的来头，立马换了态度。吵吵嚷嚷叫唤几声后，一个个都闭上了嘴，满脸敬畏地望着才藏。

一个上了年纪的足轻静静地走上前说："祢宜大人，可否求你显现神通，祈求我等大坂一战之武运呢？"

"我自然会用心为你们祈福的。"对才藏而言，只要年糕到手，什么都好说。他将右手探入怀里，抽出一张纸，同时用左手拔出腰间的胁差。

"啊！"

"不必惊慌。我只是用它来做币帛[3]而已。"说完才藏灵巧地将白纸削断，三两下就做好了币帛。然后他让一个足轻把青竹劈开，做了个柄。

"这样就行了。"

"原来如此。不愧是行家啊。"

才藏举着币帛，在白上"飒！飒！飒！"地舞了三下，瞟了瞟身边的人。

"祭祀之中，各位站立是为何意？难道想遭天罚吗？还不赶紧跪下。"

"您说的是！您说的是呀。"一个个乐颠颠地就跪了下去。

才藏高声击掌，说了一声"木杵"。从茶屋店员手里接过木杵后，他让一个人为他翻臼[4]。然后高声吟唱着"镇守高天原之神，八百万神明……"就开始舂起了年糕。

年糕出锅之后，他将其中十个用竹皮包好，揣进怀里。

"听好了，这里有五十个年糕。个个都是带着神意的圣洁之物。只要吃了这个，就能穿梭于流矢而不中，避敌之刀剑于无形，一路武运高升！你们每人拿一个去吧。"

"感激不尽！"

才藏用手势止住一哄而上的人群。

"我可没说白给。把钱都付给茶屋。还有，不许乱挤，排好了！一个一个拿！"

才藏走出茶屋时，并没看到松树下的小若，取而代之的却是几个杂兵严严实实围起的人墙。他走上前去，听到了大声说笑的声音。

"喂！"几个杂兵应声回头，一看到才藏，顿时露出一张张挂着淫笑的脸。

"嘿，大家看！人家的相公回来了。"

"你们这是在做什么？"才藏的语气十分和气。然而那群杂兵仗着人多势众，颇有些蹬鼻子上脸的味道。

"就是相公你不在的时候，陪你家娘子玩了玩。"

"开心吗?"

"当然啦。"

"那也来陪我玩玩儿吧。"见对方有意找茬,才藏面不改色地将手搭上其中一个男人的肩。只见那人浑身一震,竟是吓软了脚。

看来这些人并非足轻。若是足轻,理应带着弓箭铁炮。再者总算也是要上战场的兵,多少还是有些秩序可言的。而眼前这些不过就是负责行李荷物的小仆,也就是军夫[5]。他们只腰间插着一把戏犬用的百姓胁差,身上也没有穿具足。

虽然军夫中亦有长期受雇于东家的人,但大多数都是在战事爆发时从领内临时征召或是自愿加入的。一旦己方开始有战败的苗头,这些人总是最先逃走;要是得胜了,往往还会拿着从敌方死者那儿搜刮来的武具,闯入民家实施强奸等勾当。大部分都与地痞流氓无异。

当然,诸如此类违反军律的行为,倘若被物头发现,亦逃不过罪罚。或许正因有一些风险,这些人才更加乐在其中吧。

才藏一言不发地推开人墙,走了进去。

(哟……还挺温顺的嘛。)

小若蹲在地上,两手紧紧地捂着脸。站在她面前的三个一脸地痞相的军夫,撩起一边短裤,正张着嘴哈哈大笑。

"女人！"其中一个开口道，"抬起头来看看嘛。平日里难得一见的稀奇之物哦。要知道老子的这话儿可是号称常州第一的宝贝！瞅瞅能养眼呢！"

"慢着！"又一个男人站出来说，"老子的是房州第一！别看样子不咋地，滋味儿好得很呐！"

"虽然我出场晚了那么一点儿……"最后的男人半蹲到小若面前，将身前的玩意儿凑到小若面前，"老子是从相模来的，老子的宝贝还有名字！人称相模太郎！"

"哟，挺热闹嘛。"才藏脸上带着笑。

小若此刻的柔弱妻子扮相实在让他忍俊不禁。身为甲贺望月家的女儿，只要她想，让区区几个小杂碎躺平的功夫还是有的。

"你们的组头呢？"他问身边的男人，只想找来组头说道说道，大事化小息事宁人便是。

谁知道对方却回答道："那个便是。"

"呵——"原来就是那个前面坦荡荡的"常州"。

"抱歉打扰到你们的兴致。"才藏走到光着腚的组头身边，"我就是这女人的丈夫。劳烦你把那奇奇怪怪的家伙收回兜裆里去好么？"

"怎么？想找打？"看来那人喝了不少酒，"你是她相公？

那不就更有意思了。只要你愿意卖，我们就买！是吧？各位！"

周围的人叫嚷附和起来。看来这群家伙也因为面临大战而焦躁了。

虽然才藏原没打算跟他们一般见识，可一旦被触碰底线，他也容易热血上涌狂躁起来。加之他原本就是活在世间阴暗背道的伊贺忍者，就算作武士，也是个无法之人。这种场合下，总是会失了一些普通人该有的节制。

"就找（打）！"

就在才藏说出这句话的同时，两三个人突然朝他背后袭去。才藏二话不说便撂倒了他们，来人发出"哇"的哀嚎声，身体像虾子一样卷曲起来，失去了意识。原来才藏将他们扔出去时，顺手折了其小指的指骨。

"尝到苦头了？要是不想再增加伤员，就给我老老实实地散开！"

"你这家伙！"组头叉腿而立，大声叫道，"真是不知天高地厚！我看你就是不满关东的威势，胆敢与大御所大人作对的恶人！"

一想到新兴江户政权的劲头，竟然能让区区一个力夫都显出如此气势，才藏也乐了。

"听你的意思，你就是大御所咯？没想到大御所竟会在街道上强抢民女,还露出下体供人观赏,真是吓煞我也。保险起见,容我再确认一下。大家都听到了吧?刚才就这个人,说自己是大御所。"

在场个个哑口无言。

才藏是个吵架的高手。

"大家都是证人。亲耳听见了你称自己是大御所。"说着,朝前迈出了半步。

"你,你想怎样!"说时迟那时快,才藏一把抓住拔出胁差砍来的男人的手。

"如何啊?大御所。"才藏把脸凑上去一笑,男人抓着白刃的手在空中直打颤,"你,你这臭小子!"男人挣扎起来,却被才藏借了力,将他拧得双脚离地。他的身体在空中转了一圈,右肩撞上地面,又滚了两三圈,才撅着身子停了下来。只见他两手紧紧捂着裆部,带着哭腔直嚷嚷。

"你,你干的好事!"男人自豪的常州第一的宝贝,如今正血淋淋地躺在他旁边。

"这可不关我事啊。是你自己用胁差把它给切下来的哟。还不赶紧去找大夫!"

这人显然是栽在才藏电光石火的速度上了。他控制住对方的手,用刀做这么一下,然后才把人摔了出去。然而却无人察觉到这一点。在他们看来,受伤的人的确是自作自受。

事情到底还是闹大了，才藏不得不面临阵中目付的审讯。不过鉴于有人证实力夫头目当时的确轻佻提到过大御所的名号，加上茶屋的足轻们也表示"那位阿苏的祢宜当时是在为我们东军胜利祈福"，于是立马就被放了回来。当然，这一切都在才藏意料之中。

这天一反常态是个大晴天。仿佛是染出来的蔚蓝天空，冰凉的风，都预示着冬天即将到来。

从草津往膳所的路上，小若想起之前发生的事，好几次笑出了声。

"有什么好笑的？"

"难道不好笑吗？就为了给我买年糕，你不仅为东军胜利做了场祈福，还跟力夫起了争执，想想也真是夸张。"

"这就让你觉得可乐了？"才藏无奈地笑了笑。

"当然。"

"确实是我太焦躁了。骏府、田中、名古屋，我都没能成功取下家康的人头。一肚子憋屈整个撒到了那力夫的身上。现在想想，对那人也做得太过了点。"

"不过……"

"怎么？"

"没想到才藏大人为了我，竟如此的体贴，小若我实在是太开心了。"

"说这些没用的。"才藏一脸无奈。

"你怎么露出那种表情啊?"

"我不过是做了我该做的事,并非是对你才特别对待。你们女人家动不动就喜欢会错意,真让人不太痛快啊。"

"瞧你说的这话!是不是想我拧歪你的嘴呀?"

两人抵达大津的驿站时,天已经黑了。代官所前设有关卡,前往京都的旅人都必须接受严厉的搜查。而日落后,关卡就会关闭,不允许再有人通行。看来是为了阻止东国、北国的浪人进入大坂。

"这可不好办了。"

"看样子今晚上只能宿在大津了吧。"小若看起来倒是乐呵呵的。在她心里,能与才藏同宿的日子,自然是越多越好。

附近的旅馆都挤满了因关卡关闭而留宿的旅人,想住宿似乎不那么容易。况且依照代官所的指示,每家旅店都必须把所有住客的出身国及名字贴在店门外。街上隔几步就支着篝火,巡逻的士兵来来往往毫无间断。

"这样子,确实有些麻烦呀。"越是接近中心,京都大坂的险恶空气便愈见明晰。

就在这时,一个行脚僧与才藏擦身而过。"喂。"听到对方招呼，才藏支起编笠，看着对方转身朝自己走了过来，"你就是伊贺的才藏大人吧？"

行脚僧开口以后，才藏目不转睛地盯着馒头笠下对方的模样。那是一张四十上下的圆脸。圆脸微微一笑，伸出双手的食指在胸前结了一个日轮之印[6]。这个印为"在"，在佛法中是祭拜太阳（大日如来）时的印形，不过在忍者的世界，它的含义则是"甲贺忍者"。

才藏放松了警惕，回答："正是。"

"贫僧……"行脚僧做出一种极不寻常的姿势。他发出的声音丝毫不带鸣响，这是忍者发声的独有特征。普通人就算从旁边经过，也是听不见他说话的。

"……是佐助大人的下忍，名叫云，平日里在京都鹰之峰上出家。寺庙的名字是……"他一边走着一边说道，"云龙院。"

"所以你的忍名才是云？"

"没错，正是这个云。"说着他就呵呵笑了起来，看来也是个豪爽的人。他鼓着腮帮继续说道："别看贫僧这模样，在大津的临济宗寺庙里还算是有头有脸的人物。贫僧六岁开始在甲贺百地道顺大人身边学习忍术，二十二岁时承道顺大人举荐，入了京都花园妙心寺本山。顶着出家人的身份，已经过了二十年啦。在京都鹰之峰,说起云龙院的和尚,连村里的小孩都是心存敬爱的。"

"你是个好忍者。"这是才藏发自内心的感叹。毕竟一个忍者,要假扮成僧人却又丝毫不露出原本的气质,绝非易事。在这二十年间,这个人利用自己僧人的身份,不知道掌握了多少情报。

"贫僧早就想会一会伊贺名人雾隐才藏大人了。才藏大人一直是武士?"

云看来十分健谈。才藏好奇于云的问法,却还是不由自主地冒出了一句:"没错。一直是武士。"才藏除了偶尔会扮成山伏或是神主以外,的确大多以武士形象示人。

"真是稀奇了。"云的着眼点也够奇怪的。估计因为大多数忍者表面上都会选择僧人、放下师、非人[7]或是江湖艺人的生活方式。作为武士的终究凤毛麟角,而才藏却正是他们之中的一个。这也许就是他感叹的地方吧。

才藏把笑脸藏在编笠下:"我也是无可奈何。谁叫我是伊贺上忍家出身呢。"

"啊,原来是这样。我想起来了,你的确是上忍家的血系。方才唐突之言,还望谅解。"

上忍,亦是伊贺的地侍(乡士)。他们通常居住在村中,生活在建有长屋门的大宅院内,属于上层阶级。这些上忍会从百姓的子弟里选出好苗子,在他们三四岁时买回去,授以忍术,最终为诸国大名所用。

"说的也是啊。上忍家出身的人,理所当然应该作武士的扮相。只不过上忍亲自参与任务,倒是稀奇事儿。"

"你想说我异想天开了么?"

"不敢不敢。只是感叹如此高贵的身份,又何必劳神费心。"

谈话间,三人已经来到了位于驿站边缘的一座小寺庙前。

"这就是咱们今夜留宿的地方。"这个甲贺忍者,表面身份是鹰之峰云龙院的和尚。此时他简直就像是回自己家一样,毫不客气就进了山门。

"这是临济宗的寺庙吧。"

"不错。这寺里的住持是贫僧在花园妙心寺僧堂修行时的师弟。"

寺庙的住持是个青年秃顶小脑袋和尚,十分郑重地接待了才藏与小若。据说住持与这个甲贺忍者,自妙心寺相识以来,前前后后已经有二十年的交情了。但即便是如此亲昵的友人,住持看来并不知道自己的师兄实际上是一个叫做"云"的甲贺忍者。

住持把他们带到自己的房间。见住持离开后，才藏感叹道："你真是一个难得的好忍者。正所谓'良忍得友则百年不徙'啊。"

才藏所说的是一句伊贺的古语。意思是：要做一个好的忍者，就要终生在忍者以外的社会亦能被友人所信赖和尊敬。若做不到这个地步，是无法顺利地搜集到各种情报的。

家康手下的间谍里，有一个叫石川嘉右卫门重之的人。家康死后，他受密令打探京都宫廷的动向。在三代将军家光宽永十三年（1636）的时候，他在京都以北的一乘寺村扎根住下，自号丈山。当时他隐居的宅院被称为诗仙堂，其名声流传至今。

丈山学识渊博，又擅长诗文。京中仰慕他气节的亲王、门迹或是公卿不在少数，因此一直到他九十岁仙逝，京都情报的搜集都少不了他的一份力。而所谓忍术，实际上更多的就是如此的存在，并非现代的周刊杂志上那些天马行空，被吹得天花乱坠的东西。

同为家康间谍的，还有一个叫小幡勘兵卫景宪的人物。他原本是武田家武将小幡丰后守昌盛的儿子。武田家灭亡后，四岁的他被家康收养，做了秀忠的小姓，可以说是深得德川家宠爱。就在他十八岁的时候，却主动提出下野，做了浪人，随后遍历诸国，而实际上这时，他的身份应该已经是一名间谍了。

关原之战中,他以武士的身份参加,战后却又恢复浪人的身份继续游历。大坂之阵时,他与京都所司代板仓伊贺守胜重里应外合,表面上身为浪人响应了丰臣家的招揽,暗中却把大坂城内的情况逐一报告给了关东方。

后来他应功受赏,被提拔为一千五百石俸禄的旗本。另一方面,他开始研究武田信玄的战术,成为甲州流军学的创始人。最后以一位拥有两千弟子的军事家身份终其一生。

这个"云"也与前面提到的两人一样。因此只要是与临济宗有关系的寺庙,打出他的名号,即可在各方面加以利用。

"话说回来……"云凑到才藏身边,"猿飞佐助大人让我给你捎个话。"

那夜,才藏和小若在本堂后面的客殿里歇下。

被褥准备了两套。小若在做好临睡前的准备后,吹灭了灯。黑暗中,她开了口:"才藏大人。小若今夜之后就要与你分别了。"

"哦?是要去哪儿?"

"方才从云大人那里听说,大坂的隐岐殿命我速速归城。听说她对小若之事大为光火呢。"

"隐岐殿？"

原来这女人也是隐岐殿的手下。

"小若明明没有在外面游玩，可她却说我脑子里只有与才藏大人的夫妇游戏，完全把自己的任务给忘记了。"

"她说得不是一点也没错么？"才藏偷笑。

小若估计是被才藏毫无同情可言的态度气到了。她凑到才藏枕边，气乎乎地说："你真的是这么认为的吗？"

"说没有那肯定是假的。"

"真是无情。"

"是吗？"

才藏心想反正也是逢场作戏。谁知道随便的应付，似乎换来了小若真切的怨气。

"人家都说是最后一夜了，你却如此冷漠！虽然小若至今为止从未提起，但有些事我也是心里有数的。你其实是喜欢隐岐殿的吧！"

话题一下子就扯远了。

"我心里，并没有称得上喜欢的女人。"

"撒谎！你在撒谎！若不是隐岐殿，那青姬呢？要不然，就是那个因为关东间谍身份暴露而被追捕的阿国！小若知道，什么都知道！"

"好了好了。你就说你想怎么样吧。"

"我这次回了大坂,想必马上就会开战,再也无法外出。今晚是最后的机会。我只想要一句话。我与才藏大人,是假夫妻这件事,我希望你能否定它。"

"什么意思?"

"我想听你亲口说,我们是真正的夫妻!"

"我不懂你在说什么。忍者的世界,什么都是假的。就连云那样的人,哪怕他一生都作为僧人度过,那僧人的身份也是假的。要恨,就恨生在忍者世家这件事吧。我们所走的,是一条虚幻的路。这条路上不会有真实的存在。"

"这些我都明白。所以我要的只是一句话。即使无法真的结为夫妻,只要你的一句话,我就心满意足了。"

小若火热的身子,贴上了才藏。

"才藏大人。只要你说,说你与小若是夫妻。大坂一旦落城,小若生死难卜。我要的,不过就是你的一句话罢了。"

"小若……"黑暗中,才藏伸出手,揽住了小若的身体。才藏压了压呼吸,终于在她的耳边轻声地说出了那句话。

才藏与佐助再会的时候,是庆长十九年(1614)的十月二十五日。地点是洛北爱宕郡鹰之峰上的云龙院。

家康的队伍已在两天前,也就是二十三日的夜里进入了京都的二条城。入城后他立即传唤藤堂高虎、片桐且元等人，召开了数次进攻大坂的军事会议。京都之内，到处都挤满了陆续进入的关东军队。

鹰之峰山村距离京都约二里路。从地理位置上来说，作为密会的场所可谓得天独厚。沿着山中的溪流往下游走，就是与京都相通的纸屋川，向反方向只要翻过一座山头，就能进入丹波地区。这里据说曾是在京都出没的夜盗老巢。

山间秋意已浓。云龙院位于一处山崖之上，小小的禅院被各种红叶似锦的落叶树簇拥其间，宛如置身锦缎。

才藏由云带领，在云龙院方丈的会客间入座时，从大坂过来的佐助还未出现。

"佐助还没到？"

"恐怕只能在夜里赶路吧。虽然山峰附近倒是安全，可市内毕竟警戒森严呐。"

日落后又过了约莫一刻，依旧一身江湖艺人打扮的佐助终于现身。

"哟！才藏。"佐助如旧识相见般搂了搂才藏的肩膀，熟络地说，"你好像晒黑了？"

"这一路可不容易啊。"

"让你受累了。大人让我代他为你所做的一切表示感激。"

"说起来是辛苦，却什么也没做成。那个大御所照旧活蹦乱跳的，正在二条城准备吹响攻打大坂的螺号呢。"

"没什么不甘心的。不就是大御所么，真要杀他也不急这一会儿。"见佐助一副胸有成竹的样子，才藏有些诧异地问道：

"怎么？能得手？"

"当然。被称为智谋之神的大人，会堂堂正正地在战场上用他的战术，把大御所逼上绝路！"

"佐助，你真的认为大坂会赢？"

"虽然我也不是没有动摇过。不过在我进了大坂城，看到阵容之后，我就坚信只要有大人在，定能再次颠覆天下。大坂必胜！"

"能胜利？"

"当然的！"

"既然佐助都这么说，肯定是不会错了。"才藏这样说绝非是在挖苦。如今的他，的确深信面前这个男人的直觉与分析力。

"不过战事虽然是交给大人了，我俩也还有其他的工作哦。这一次可是力气活儿了。"佐助所说的工作，其实就是暗杀德川方身在京都的重要人物。

来自西军军师——真田幸村的命令，倒真是"力气活儿"。佐助说的一点儿没错。

"再详细说说看。"

"总之……"照佐助所说,这是一种心理战术。为的是在对方采取作战行动前,对集结于京都的关东军队造成心理上的动摇。

"辻斩[8]?"

"不错。"佐助点了点头。

"专挑物头动手?"

"也不至于。"

"准备让我们处理掉多少人?"

"照大人的说法就是,能杀多少是多少。就当是弁庆[9]的千人斩吧。辻斩这种事儿,也算是京都的特产了。从平安朝起,一旦有什么风吹草动的,类似的事就会出现在街头。"

"佐助你也动手?"

"啊。总不能单把这种粗活儿全扔给才藏你呀。我也一起上。我们俩就让京都的大街小巷好好地闹腾一番吧。这对忍者来说,也算是种乐子了。不过此外……"

"你还有什么工作?"

"让百名忍者潜入京都,在市内散布流言。比如什么被任命为江户留守居的艺州福岛左卫门大夫正则会叛变到西军;防长的毛利、萨摩的岛津、肥后的加藤家会响应丰臣号召揭竿而起一类的。总而言之，就是让东军内部互相猜疑，挫掉他们的士气。"

"这是由佐助你来负责？"

"我只是助手，总管是隐岐殿。"

"噢——"

"乐了吧？"

"你说的这是什么话？"才藏黑了脸。

"哪儿啊。只是隐岐殿因为能见到才藏，看起来心情相当不错。我不过就这么一说而已。"佐助收敛笑容继续说道，"隐岐殿已经到京都了。现在大概藏身在市内的某处，连我也不知道她在哪儿。不过才藏……"

"又怎么？"

"只要你想见她，我就能帮你搭线。"

比起这个，才藏更关心菊亭大纳言家女儿青子的安危，但这种话他是不会说出口的。（到时候让孙八去确认下吧。）

"云。"

"有事还请吩咐。贫僧必将效劳。"

"有件事儿想拜托你。我伊贺老家的下忍们，实际上一直在京都市町开着店，做的是人力斡旋的活计。"

"是分铜屋吧。"

"真是逃不过你火眼金睛呀。那家分铜屋的番头有个叫孙八的，麻烦你跑一趟帮我转告他我已经回京的事。"

"今夜便登门拜访。"说完，身着僧衣的云站起身来。

注释：

【1】宿割奉行：负责分配住客到旅店的官职。

【2】祢宜：日本神职的一种叫法。

【3】币帛：在日本，指的是祭神驱邪幡。

【4】翻白：一人捶打年糕时，在一旁负责搞弄白里年糕的人。

【5】军夫：军中的力夫。

【6】日轮之印：九字真言手印中，相对于"前"的手印。

【7】非人：江户时代身份最低的人。

【8】辻斩：日本古时武士持刀在十字路无差别地袭击路人的行为。此行为自日本中世直至江户时期早期常见，直到庆长七年（1602）江户幕府才禁止了这一行为。

【9】弁庆：武藏坊弁庆（？—1189年5月17日），平安时代末期的僧兵，源义经的家臣。

影法师

似雪似霞大宫天

广寒宫中孤隐逸

忧居人间的影法师呵

愁亦忧愁

醉亦忧愁

歌亦忧愁

恋亦忧愁的影法师呵

这是突然在坊间流行起来的一首今样（流行歌）。据说一开始是在六条室町的花街中传唱的。

歌名叫《忧愁的影法师》。在当时的京都，上至年轻公卿，下到河边的乞食（乞丐），几乎人人会唱。

"听见了吗？"一个武士说，"现在满大街的京都人都在唱那首歌呢。"这首歌似乎有一种不可思议的力量，能够动摇背井离乡远赴战场的武士们的士气。

"只要一听到那首歌，就会觉得战场上的功名什么的，都不过是过眼云烟了。"

"京城真是让人喜欢不起来呀。所见所闻,处处都是让武士心中血气冷却的玩意儿。"另一个人接下话茬。

"真是不适合我们哪。"

"没错。"

一群人继续无所事事地饮着酒,不知怎的还是有人开始低声吟唱起那首歌来。

"别唱了!听着烦!"有人气冲冲地拍了拍地板。

这里是位于二条城附近町寺的本堂,如今成了伊奈筑后守忠政部队的宿营。忠政是"出头众"之一,相当于家康的亲卫队。

"昨天有人在本愿寺的墙壁上乱写一通的事儿,你们听说没?"

"知道。不过那人似乎还没抓住吧。"

"听说用来写字的,是削尖后的四条坊门的柳木呀。"

"写了些什么?"

"据说啊……"一个武士瞅了瞅四周,小声地插了一句——

御所柿成熟蒂落　秀赖居于树下　拾之

"那御所柿不用说,就是指的大御所了。所以呀,所司代役人们都急得发疯了,到处搜查犯人。可愣是连个影子也没找到。"

"是影法师吧。"

"不错,应该就是影法师干的好事。"这个点头首肯的男人,不久就倒在了方丈西边角落的窄廊边上,肩膀上血流如注。

就在他哼着《忧愁的影法师》走出茅厕时,似乎是发现了什么,立马大叫了一声:"有刺客!"然而当那群朋辈闻讯赶来时,哪里有什么刺客的影子。躺在地上的,只有被一刀左袈裟砍穿到心脏的,已经没了生气的男人。

这可是大白天,况且还是在出头众伊奈筑后守的宿营里。可以想象这件事造成了多大的骚乱。

当时筑后守正在二条城中,幸好他弟弟典膳留在营内。典膳在验尸之后,面对伤口,露出了惊慌失措的神情。

"这刀法可不简单。想必出自高明的兵法者之手。"

伊奈筑后守的手下,武士和下仆加起来也不过五十人上下。其中修习过刀术的几乎为零,更不用说高手了。理所当然的,这只会是外人所为。

"是从哪儿侵入的?"

"还是先把事情报给阵中目付吧?"

"这可是当家之耻。就当是病死的吧。"典膳阻止了部下。也不怪他会如此,要是在宿营外被暗算的还好;事情发生在营内，被上面知道，难免会落个疏于警备的罪名。

何况这伊奈家上代当家的，原本不过是尾州荒子村的一名叫"熊藏"的百姓。他能出人头地，靠的也不是勇武之力。早年他在同村的地方武士佐藤弥藤次家里做中间[1]，因精通会计事务，才被提拔为武士。正逢当年家康扩展疆域，不仅武官，文官也有了需求。家康在全国搜寻人才，弥藤次便将熊藏推荐上去。这就是伊奈家的发家史。

这一代的忠政，是熊藏之子。

"终究不过是个只会扒拉几下算盘就被捧上去的暴发户大名。难保不会在军备上有松懈。"要是营中之事传了出去，少不了会受世间的嘲弄。

"听见了没有？少多嘴。"典膳嘱咐了在场的人，洗完手，回到了自己的房间。这亦是手下的人最后一次见到他。

不久，哀嚎声响起，典膳房间的杉木门应声倒下，而他的身体也随门一同滚入庭院之中，当时就断了气。尸体上，是一刀鲜明的右袈裟斩。

翌日，这件事就在京都市内的关东部队中，甚至是平民百姓之间传开了。毕竟是发生在家康所在的二条城旁。说是町寺，但武士的宿营就相当于自家城池，营主还是家康亲卫队长之一的伊奈筑后守。

光天化日，筑后守的弟弟与手下的物头前后殒命于营中。还有比这更能挫伤关东威信的事么？

家康同时从京都所司代板仓胜重及阵中目付城昌茂处接到了报告。

"在下以为，不论是之前的留书事件，还是此次骚动，均是大坂方的计谋。必须加强市中警戒，尽快将下手之人捉拿才是。"

家康没有回应。

江户初期一部叫做《古人物语》（旧参谋本部编·日本战史所载）的随笔里，曾提到此时家康的态度是毫不介意。只是扔下了一句"别管它"。实际上，那只是针对留书事件而已。

家康认为，若是为几笔涂鸦就变得神经质，必定会影响世间对关东军队不动如山的军容之印象。而对更为关键的伊奈筑后守宿营中发生的那件事，他却未做任何表态。

阵中目付城昌茂再次问道："此事应当如何处理才是？"

"有些话岂能从我口中说出来？"

"哎？"面对如此回答，城昌茂一时丈二和尚摸不着头脑。一旁的板仓胜重悄悄扯了扯他的衣袖，递了个眼色，两人才一并退了下去。

之后板仓才对城昌茂解释说："在那件事上，大御所殿下当真是什么话都不能说呀。一旦他开口,伊奈筑后守就只有切腹谢罪这一条路了嘛。"

再看此时的才藏与佐助,两人正在鹰之峰的云龙院里喝着浓茶。从京都回来的云还是一副行脚僧打扮。

"那件事在京都市内造成了不小的轰动。町人们纷纷传说是影法师下的手呢。"

"影法师?"佐助有些意外,"是那个现在流行的今样歌里的影法师吗?"

"没错。才藏大人在宿营四周活动的时候,想必嘴里哼着的就是那首影法师吧。听说营里的人也听到了歌声。现在所司代认定了唱影法师的人就是凶手,正加紧四处搜查呢。这下子,市内再也没人敢唱了。"

"影法师这名字倒挺不错。才藏,就让我俩化作影法师,把京都给闹个底朝天如何?"如此血气方刚的发言,在佐助身上实为少见。

从五条大桥东岸沿鸭川一路向北,就能走到安倍晴明之墓。安倍晴明,平安时代宫廷中的阴阳师,擅于占卜预言,可以说是卜者鼻祖。

就在伊奈筑后守宿营事件不久之后,类似"墓周围会出鬼火"的传闻在街头巷尾成了新话题。也有说"那多半是狐火"的。

的确，鸭川以东就是京都的乡下地区。日落入夜后，鲜有人会去那一带活动。那附近曾有一座叫法城寺的寺庙，茂密草丛之中还留着过去的基石，掘地二尺尚有白骨隐现。这样的地方，就算说会出现鬼火或是狐火，也没人会怀疑。

"听说了没？"这个跟同伴神神秘秘讲着话的，是附近以建仁寺为宿营的藤堂高虎家中的某人。没过多久，这传闻就在各地的宿营中遍地开花。

"就在先前呐，还听说本多家有人被鬼火追得屁滚尿流的哟。"

"什么？"也有人只听到传言就吓得脸色苍白。

"偏偏这种妖异之事又发生在咱们家大人宿营附近，真不能算是吉兆啊。不仅如此，这毕竟也关系到武家的颜面。你们说是不是该叫山伏来做个加持（祈祷）什么的呀？"

这个时期，大部分大名的军营中都会有随军山伏，为队伍祈祷武运。

"那叫慈音坊来？"

听到有人这么一说，角落中一直一言不发的男人突然开口道："慢着。这恐怕并非幽灵所为，慈音坊的加持是起不了作用的。"

"哦，是彦坂大人啊。"在座的一群人像是这才发现男人的存在一般，纷纷将视线集中在了他脸上。

这个彦坂传藏，是闻名天下的大舍流[2]高手。庆长十八年，他在藤堂家仕官。当时高虎刚从伊予今治城主升迁至伊势津城二十二万九百石的大大名，广招了不少新家臣。藤堂家自关原之战后封地大增，因此家中谱代武士较少，而彦坂传藏在新家臣中又属于资历尤其浅的。他会在这个场合上发言，也是因为自负武名吧。

"在下于诸国修行之时，曾数次遭遇类似妖异之事。而城下所发生的怪事之中，十之八九都是伊贺、甲贺忍者所为。这一次，恐怕就是大坂方的忍者作怪了。"

"你是说那狐火实际上是大坂方忍者搞的鬼？"

"不错。"彦坂传藏半眯着眼点了点头，兵法者架势十足。

"难不成就是影法师？"

"兴许吧。"

"你的意思是，若是影法师的话，加持祈祷都起不了作用啰？"

"当然。"见那人理解能力实在欠佳，传藏露出了一丝不耐烦，"对方是忍者。除了凭着兵法与其忍术抗衡外别无他法。而且，这还不是单靠半吊子的实力能做到的。"

"哦——"在场的众人都咽了一口唾沫。

"彦坂大人是打算要把在京都猖狂一时的影法师揪出来吗？连所司代都束手无策的对手，要是藤堂家能够除掉这一害，那是何等扬眉吐气呀。彦坂大人，要出手了么？"

"那是自然。不，动手是没问题，但此事难度不小。还是先通报大人，指派些人手给我才好行动。"

其实他这么说，不过是想预先告知当主高虎罢了。倘若暗地里解决了事件，也算不上自己的功绩。

"哦？传藏自告奋勇了么？"藤堂高虎的侍大将，同族仁右卫门高刑在听到风闻后大悦，立即让近习传唤了传藏。

对仁右卫门而言，要是能在大坂出阵前除掉在京都横行的"影法师"，不仅相当于在出征前祭了旗，同时还能让藤堂家在家康心中的地位上升不少。传藏刚一出现，他就迫不及待地问道："你需要多少人手？"

"骑马武士二十人，足轻百人。"

"噢——简直与合战无异嘛。你不是说对方只有一个人么。"

"不。出手的自然只需在下即可。只不过为了以防万一，希望大人能安排些人手远远地埋伏在周围。就形式上而言，与狩猎野猪相差不远吧。"

"有道理！"仁右卫门又将此事上报给了高虎。

谁知高虎闻言后却苦着一张脸，说："传藏他是这么说的?"

"正是。他表示有把握能除掉对方。"

"蠢货。那些兵法者为了提升自己的身价,根本就不择手段。怎么连你也被他耍得团团转呢?"

"啊?"

"别管他!"

仁右卫门虽然不懂,但高虎可不是寻常人。他能在战国乱世之中得到如今的地位,全靠手中一杆长枪。与仁右卫门这样凭借血缘发迹的人在器量上自是不可相提并论。

"你想想,费那么大的阵仗去围剿影法师一个人,就够让藤堂家丢脸了。倘若失败,岂非更是颜面扫地?还是打消这个念头为妙。"

传藏听闻此事后,内心的翻覆久久不能平静。

第二天晚上,暮五(晚上八点)的钟声响起之时,传藏走出了藤堂家宿营的建仁寺西门。

出门就是一条贯穿南北的大和大路。这个时分,路上已经不见有行人了。往西边看去,隔着鸭川隐隐闪烁着的,是京都的灯火。夜幕上繁星点点,靠着星光,虽然勉强能看见大和大路两侧并排的松树树影,但脚下的路还是一片漆黑。

传藏头上绑了头带,用皮袖带扎起袖摆,脚上也只穿了草鞋。可谓一身轻装。刀剑上的较量，若是具足的绳结散开分了神，那就完蛋了。

同一时刻，高虎叫来仁右卫门，问："传藏人在何处？"

"这个……"

见仁右卫门吞吞吐吐的样子，高虎似有所悟地露出了一个邪笑。

"看来，那人是出门了吧？"

"是……"

"我拒绝借给他人手，恐怕也让他进退两难了。既然宣称仅凭一己之力也能讨伐影法师，总不能因为无人相助就打退堂鼓吧。不出我所料，他还是行动了。"

这是只老狐狸。

"……那么，大人……那个……"仁右卫门依旧摸不着头脑。

"你以为我会说随他去？这节骨眼上怎么能坐视不管。暗中派人跟上他。"

高虎否决传藏的提议，不过是考虑到若是兴师动众，万一失败只会落人笑柄，但他却并没说过不能偷偷地行动。一旦成功，就是不得了的功绩，就算失手，也是天知地知无伤名誉的事。

"仁右卫门，不论上士还是徒士，给我挑选二十个在兵法上有些能耐的人。"

传藏一路向南。摸黑前进了约莫三町,来到晴明之墓所在的草原。法城寺遗址的残垣断壁旁,一座黑漆漆的坟墓立在夜色之中。

(这就是传言出狐火的地方吧。)

传藏立在草丛之中,手按鲤口,等待着奇怪现象出现。少顷,他眼前的坟墓竟然发出幽幽的蓝光。

(哼!)他向后大退一步。

此时坟墓上的磷光消逝,取而代之的是一团绯红色的鬼火,飘然出现在传藏眼前五尺之外的半空。

传藏并未为其所动,只是停留在原地,聚精会神地盯着鬼火,似乎想要透过它看穿背后的操纵者。

眼前的鬼火突然膨大了一圈。

"嘿嘿!区区幻戏,是骗不了我的!"传藏向后一跃,侧身拔出腰间佩刀,右脚后退,握刀的双手高举,刀身倾斜,刀尖指向天空,以大舍流独特的八双[3]之架势恫吓那团鬼火。

"出来!"

"……"

"速速现身!别指望我会为这点小伎俩蒙蔽!"

"被你看穿啦?"黑暗中,飘出一个幽幽的声音。

"看得明明白白！"传藏听见有回应，又把声音拔高了一些。

"那就让你好好见识一下！"

"呃！"鬼火骤然变大，朝着传藏飞奔而来。

传藏不假思索地猛劈下去，然后跳至其右方，扬手又是一刀。他围着鬼火，用尽全力地上下挥舞着手中的刀。第五刀时，一种砍实了物体的手感，伴随着骨头断裂的声音和四溢的血腥味传来。鬼火顿时消失无踪。

"妖怪，这下总算是超生了吧！"

"你看看背后？"

传藏下意识地回过头，什么也没有。他后退一步，又再看了看身后。在他扭头的一瞬间，视野的余光中似乎瞥到了一抹鬼火的影子。

"唔！"

原来那鬼火竟像是贴着他脊背一般，传藏转身，鬼火也跟着移动，始终在他的身后漂浮。

"可恶！"传藏已是汗流浃背。只见他沉着身子，不停地将手中的刀转向身后，意图斩掉映在他眼角的那抹鬼火。宛如一只陀螺。

"呀！"鬼火发出一声尖叫。

"瞧见了没！"传藏得意地向后跳出一大步。然而下一刻，他的五官却因恐惧而扭曲。他分明感受到了一股浓浓的杀气。

接着，白刃相交的铿锵声响起。他勉强地侧身躲过攻击，顺势横刀一斩……又是切实的手感，和人应声倒下的声响。

"传藏……"传藏闻声又猛地回过头去。

"不愧是藤堂家中首屈一指的高手。好功夫！不过妖怪可不止这一两个呀。"

"你到底是什么人！"

"我是这晴明之原的明神。"啪的一声，传藏眼前一亮。一团青色的火焰冉冉升起，"你以为你杀得了我？"

"那还用说！"传藏说着，又挥刀向前跨出一个大踏步，一股血腥味顿时冒了出来。

他立即抽刀退后，穿过草原，纵身跳过法城寺的残壁。直到再次站在了大和大路上，他才如梦初醒般地长长舒了一口气。

（真是难缠的对手啊。）他低下头，细心地用布将手中的刀擦拭干净，然后抬眼扫视一圈。四下里依旧是黑洞洞的一片。倘若在大白天，任谁见到此刻传藏的眼神，恐怕都会觉得他是失心疯了吧。

回到藤堂家的宿营，他就一头钻进仓房，昏昏沉沉地睡了下去。

清晨，仓房的门被打开。"哦，原来你在这儿呀。"

传藏腾地从干草堆上坐起了身。他的同伴们此刻正面露担忧地望着他。

"都在担心你呢。昨晚上你去晴明之墓了？"

"不仅去了，我还杀掉了影法师！"

"噢？"在场的人纷纷表示惊讶。

"的确是被我除掉了！"传藏唰地抽出自己的佩刀展示给同伴，刀身上分明沾着油脂。

（正巧现在天也亮了。到草原那边实地确认一下也好。）

传藏离开仓房。他走到门口时，虽然听到背后传来了骚动声，但并未在意。只是径直朝着法城寺西面的晴明之墓而去。

朝雾中，原野上人影攒动。仔细一看，原来是藤堂家的足轻们。

"哎呀，是你啊。"足轻们看到传藏，纷纷上前示意。地上似乎躺着四具尸体。

（啊！）传藏上前，发现那四人均是家中刀术略有造诣的年轻武士，（这……）脸色顿时一片惨白。

当家老藤堂仁右卫门接到传藏逃离现场的报告时，已是日上三竿了。

"理由大概能猜到。"仁右卫门苦着一张脸,在高虎面前低下头去,"昨夜传藏的确是去了那片草原。虽然并无证据,但失手杀死原本是为助其一臂之力而跟在他身后的四人的,应该就是他了。"

"难道不是影法师干的好事?"

"看样子像是自己人内讧。传藏无缘无故擅自逃离就是最有力的证据。据当时在草原上善后的一名足轻说,传藏口口声声说自己的确除掉了影法师,然而在看到尸体后却一言不发地离开了。"

"传令下去,此事万不得外传。"

藤堂营中人竟被影法师愚弄,传出去可是奇耻大辱。对于丰臣家恩顾大名中最受家康信赖的高虎而言,没有比这个更可怕的事了。

不过,坏事传千里。还不到当天傍晚,这件事便像长了脚一般,传遍了京都的大街小巷。

说起京都的烟花之地,以往通常指的都是二条南北附近的柳町。不过如今最负盛名的,就要数位于六条室町的花街了。自从庆长七年(1602年)原本在柳町的妓馆区搬迁至此,几乎夜夜笙歌不断。

"唉哟,真是让人眼花缭乱呀。"才藏一边扒开来往游客人群，对身边的佐助说道。这天，佐助破天荒地穿了一身浪人的衣服。腰间还插着两把细长的佩刀。

两人并肩而行的样子，怎么看都像是冲着大战从乡下上京的"借阵浪人"。所谓"借阵浪人"，是指借大名间的战场一展身手，意图能靠着战功，开辟飞黄腾达之路的一群人。

"这一带的房屋变多了啊。"

"真是增加了不少呢。这条花街上的房屋，至少有一半都是冲着关东诸军进驻京都的时机，在这一两个月内建起来的吧。"

一路上，两人不停地被两边游廊外站着的女人又拉又拽，好几次都差点被拖进去。

"还有女人。"

"嗯，也变多了。都是冲着这场战乱，从乡下四处搜罗来的。才藏，不是那个方向！"走在前面的佐助拐进了西边的小巷，"走这边儿。"

"哦，这边看来更热闹啊。"两人拐入的路上充斥着新筑的房屋，新木材的香味溢满整条街道。

"不过真没想到，佐助你竟会带我来花街。太阳打西边儿出来了？或者，你还有事儿瞒着我？"

"哪儿能啊。再说我也不是什么金身佛像，知道花街又有什么好稀奇的。"

"可我就是觉得你在搞什么鬼名堂。"才藏用扇子敲着肩膀，哼着小曲儿，看样子也有了些醉意。这时，一个醉汉模样的人突然撞了他左肩一下。那人穿着小袖，外面套着一件枯叶色的阵羽织，脚下踉跄不稳。

"啊，你这……"那人晃晃悠悠地蹲到屋檐下，一屁股坐到地上，手已经搭上了腰间的佩刀，"无，无礼之徒!"

"可真是抱歉。"才藏正准备摘下编笠，醉汉的周围突然响起一片咿咿呀呀的叫声。

"这位大人，来我们这里吧。"不愧为花街，为了避免客人因争执而负伤，原本在店前的女人们一拥而上将倒地的武士围了起来，"来来来，请进来这边。让我们为你通通武运吧。"

说着她们抬手的抬手，抬脚的抬脚，将挣扎着的男人拖进了自家店内。

"今天算是见识到了。原来在花街，不费一弓一矢也能夺得大将人头啊。"

"才藏，这一家。"

"哟呵，这不跟座小城差不多嘛。"

出现在两人面前的是一座叫"相州屋"的两层建筑。佐助摘下编笠就往里钻。

令才藏始料未及的是,当他们走进这家叫做"相州屋"的妓馆时,原本在土间里的男仆立刻上前向佐助请安。看样子佐助竟是这里的常客。男仆靠到才藏跟前鞠了一躬。

"武士老爷,请往这边儿走。"

才藏在他的引导下上了二楼,佐助却不知何时已经消失在楼下的走廊上。

"这是要去哪儿?"两人一前一后走在廊上,男仆没有回答,说道:

"嘿嘿,您有没有闻到香气呀?"

"听你这么一说,走廊上的确有一股好闻的气味。每个房间里都焚着香吗?"

"只有接待上宾时才会焚香。"

"那么说,我是上宾?"

"正是。"

"这房间是……"才藏停在一个叫初霜厅的房间前。

他下意识地看了看接下来的房间名——雄鹿厅。

再往下,若菜、关守、源氏、吴越、花王……每个都是香料的名称。早就听说这个时期除了茶道,香道也在京都的公卿、堺的大商家之间流行开来。才藏这次算是见识了。

所谓香道,就是一种将各种香料混合焚烧,只凭香气来猜测香料种类的悠闲游戏。

"真是了不得。看样子，每个房间都依照其名称焚着相应的香吧？"

"正如您所说……来，请走这边。"

走廊的尽头是一扇杉木门。男仆打开沉重的门，让才藏进去。

"小的就此退下了。接下来自有女仆来伺候您。"

果不其然，一个身着花俏小袖的女童闻声跑了出来，拉着才藏的手就往房间里面走，最后在一处黑漆柱上钉有金色桐花状钉隐的华美房间前停了下来。

"武士老爷，请。"

"是这个房间？"

"是的，请进。"

"慢着。为何只有这间房和其他房间不同，没有取上香的名字？"

"呵呵。"女童用手背掩住嘴笑道，"武士老爷不是应该比谁都清楚么？这间房里的主人，是一个不用借助任何香气却自有异香，宛如观世音菩萨一般的人呢。"

（哦，是隐岐殿么。真是没想到，堂堂大坂隐密的头头，竟干起了游女的活计……）

面前的竹帘被撩起。这座妓馆看来整个都是按着御所风格来装饰的。

"欢迎啊，影法师大人。"

"你这是什么话。"才藏苦笑，"真是许久不见呐。不过说起来距离你我近江一别，也才过两个月而已。世间的变化之大，让人唏嘘。"

"我从佐助那儿听说了。骏府之行，真是辛苦。"

"不过是劳而无功罢了。能平安回到京都，已经算是不幸中的万幸。虽然有一次成功潜入了大御所的寝间，却还是失手告终。过去老听说家康从年轻时起就时运极佳，这一趟下来，总算是体会到了。"

隐岐殿嫣然一笑："才藏大人觉得自己是徒劳无功了么？可对我而言，才藏大人的骏府之行当真是收获颇丰呢。"

"什么意思？"才藏皱了皱眉头。眼前这个女子，总会有一些出乎意料的发言。

"我并无他意。不过是觉得，正因为有了这一路的艰辛，才藏大人你心中的那杆秤，才偏向了大坂这一边呐。"

"原来你指的是这件事。"才藏自嘲道，"是啊，到了这地步，与其说是关心关东或是大坂今后会如何，倒不如说是徒生了想亲眼目送右大臣家走到最后的想法罢了。"

"您能这样说，实在让人欣喜。"

"不过……我说隐岐殿啊，"才藏看了看四周，"这里就是你在京都的老巢？"

"巢？说得人家跟鸟儿似的。"隐岐殿忍俊不禁。

才藏却没有笑："依我看，这间相州屋也是右大臣家出资修建的吧？那些与来客同床共枕的男女，恐怕也是你的手下。是不是？"

"真是什么都逃不过您的眼睛。"

"谁又会想到京都市内的一间妓馆，竟然就是右大臣家隐密的据点。如此胆识实在让人自叹不如。完全不像是一个女子应有的器量。"

"我不就是女人么。"

"可这样一来，我总算明白了。近来京都四起的流言，其源头想必就是这家相州屋吧。各式的传闻，只要由姑娘们给来客吹吹枕边风，火种自然能蔓延开来。我唯独没想到，背后的操纵者会是你。真是个可怕的女人哟。"

"才藏大人……"隐岐殿偏着头，眼带笑意地望着才藏，"您要是这么说的话，那怎么不说说，这些日子袭击关东武士，如鬼魅般来去无踪的影法师又是谁呢？"

"此事自然是说不得。"

女童端上了酒水。

秋意阑珊，昼短夜长。外面太阳落山后，屋里渐渐晦暗起来。

隐岐殿眉目含笑，光润柔顺的头发长长地垂下。三件贴身小衣之上，套着印有金箔做成的松皮菱模样的小袖。外面松松地披了一件白绫小袖。

有人拿来了烛火。对饮间，窗外传来了远处寺町的钟声。夜，深了。

楼下的客人愈发增多，人声、歌声、丝竹声不断。才藏口衔酒杯，竖起耳朵仔细分辨各种声音。

"是些关东的人。"

隐岐殿也侧耳听了听，"好像真的是呵。"说完把自己的手放到才藏的大腿上，整个人端着酒杯凑了上去，"别去管那些人吧。"

"你们这儿倒是热闹。也亏得那些人不知道自己所在的妓馆其实是右大臣家隐密的老巢，不然估计连魂儿都得给吓到九霄云外去。"

"嘘——"隐岐殿嬉笑着将手指按在唇上，让才藏噤声。楼下传来的歌声，不知什么时候起就变成了京都流行的那首《忧愁的影法师》。隐岐殿用手指在才藏的腿上轻轻打着拍子，跟着低唱起来。那旋律用略带沙哑的假嗓唱出来，美得竟有些不真切。

似雪似霰大宫天

广寒宫中孤隐逸

忧居人间的影法师呵

愁亦忧愁

醉亦忧愁

歌亦忧愁

恋亦忧愁的影法师呵

这首今样,唱的是一个人独自走在洒满月光的都城大路上,看着紧跟在自己身后的影子,感叹其别样忧愁的情景。不论是在歌唱还是恋爱中,那份忧愁都如影随形。整首歌,透着一抹淡淡的厌世情绪。

隐岐殿突然收声,歪着头看向才藏。

"我说……影法师大人呐。"

"影法师?你是在说我吗?"

"您也唱唱这首歌吧。我一直想从在京都让人闻风丧胆的影法师本人口中听到这首歌呢。"

"不唱!我唱歌不好听。"

"唉唉,别这么说好不好?嗯?"隐岐殿朦胧的双眼里,满满的都是醉意,"就让我听听吧。这一刻,我不是什么隐岐殿,只不过是京都夜色中的一介游女。我将随曲一舞,为贵客助兴。"说着,唰的一声展开了手中那把红底描着金色红叶的扇子。

"那么,请……"

"既然都说到这份儿上,罢了,唱就唱。"

"您能如此，真是让人欢喜。今夜，就让你我尽情度过吧。隐岐我啊，只要一想到这具终将与大坂命运共存亡的躯壳，也曾有过这一夜的回忆，此生……无悔。"说这话的时候，她的眼里噙着泪。

（这女人，也有这样的一面啊……）才藏调整呼吸，低声地轻轻吟唱起来。

过了一会儿，女童适时出现，将才藏带到了就寝的地方。那间房看起来是隐岐殿平日里起居之处。多宝架上，放着书写用的纸张、砚台和各种书籍。据说这间房是照着隐岐殿在大坂城内的居所格局装饰的。

女童帮着才藏更衣。才藏穿上事先备好的白绢小袖，躺进了地板上的被褥之中。

"请好好歇息。"

房间里暖暖的，都归功于屋内四角放着的火桶，足以体现隐岐殿心思的周密。

才藏灭了烛火。屋里顿时陷入黑暗。约莫睡了半刻，一股突然在黑暗中满溢开来的香气让他醒了过来。他发现自己的枕边，坐着一个人影。

"哦？"

"是我，隐岐。看来您睡得挺沉的嘛。刚才那样，倘若被人暗算，恐怕你也无知无觉。"

"你来做什么？"

"做什么？您这说法，真是让人心酸呐。我可是室町的游女呀。与贵客同枕而眠，不是理所当然的事么？"

"你经常这样与客人共寝？"

"有时会，也可能不会。没个定数。"

"原来如此。若来的是身份显赫的武士，为了能在卧榻之间听到一些风声，应该就会由你来侍寝了吧。"

"才藏大人……"隐岐殿轻声唤了一句，缓缓躺到了才藏的身边，"您是在吃醋么？请您回答我说是好吗？我从早前就一直爱慕着才藏大人您啊。没想到自己这样的女子，也会有如此心思。只是就算心存恋慕……"隐岐殿忽然停住。

随着被褥里温度升高，隐岐殿身上的异香愈见浓郁，连才藏的身上也如被香熏过一般。"如我这样为右大臣家效劳的人，爱恋之情什么的，也不过是自寻忧愁罢了。"

"是啊，更何况对方还是如烟如影的伊贺忍者。就算两情相悦，也绝不可能开花结果。不过，你我自八濑风吕初会以来，的确是缘分挺深的。"

"就算无花无果，我也无怨无悔。今夜，就请你忘了隐岐殿的事，把我当做游女拥在怀里吧。"

"这样？"

"嗯。就像这样。"起初与往日里无异的隐岐殿，却在将脸贴在才藏胸口上，微微发着抖。

"隐岐殿，你真是让人捉摸不透的女人。"

"……"

"你竟然还是处子之身……"

隐岐殿忽地抽开了手，只是默默地不停摇着头，也不知是想表达什么。

子之刻（午夜零点）的钟声响起。无可奈何，才藏碰触了女人的身体。

那天刚破晓，彦坂传藏从藤堂家在京都的宿营中逃出后，便独自追查影法师的踪迹。当然，他也并非毫无收获。

（那个男人，到底能不能起作用？）虽然心里尚存不安，但他还是备上了礼金。（反正都是些为了钱不要命的家伙。）传藏去找的，是住在六角堂背后的一个叫备前六的人。

备前六这个人是个放免。所谓放免，后来又叫做目明。多是一些曾因触犯了赌博、买卖烟草等禁令等轻罪，对犯罪社会比较了解的人。所司代役人时常会利用他们作为眼线搜查罪犯。也就是后来的江户冈引。

六角背后的备前六家，是栋红瓦格子的两层屋子。表面上应该是做人力介绍的，建筑风格看起来也比较堂皇。

传藏拉开格子门。进去便是一间宽敞的土间。地面的草席上，坐着五六个留立发的男人，正在玩骰子，一看就不是什么善茬。

"……在吗？"几个男人纷纷转头看了一眼传藏后，又撇过头去。这些家伙，根本就不把武士什么的放在眼里。

"我在问你们，备前六在吗！"

"那你得问当家的在不在。"其中一个手下朝传藏嚷道。

"怎么？不能叫备前六？"备前六这个叫法实际上是略称。因为他出身备前，本名六藏。当然，这也是市井中人暗地里对他的蔑称。

"你是什么人？"

"我的名字没必要让你们这样的人知道。只要跟备前六说我来了便是。"

"这家伙是来找事儿的吧！"在场的人二话不说抓起了大胁差。

"会受伤的哦。"

"臭小子！"一个人抽刀就砍了过来，但他又岂是大舍流高手的对手。

传藏把来人的手拧到背后："如何？是要我把这条胳膊给弄折呢？还是干脆就送你上西天？"

屋里的人顿时乱成了一锅粥。这时，一个四十出头的细眼男人听到骚动，从二楼走了下来。

"唉哟！这不是彦坂老爷嘛。"

"是备前六啊。"

"我还念着有好一阵子没见着你呢，这是为什么事儿闹的呀？"

传藏言简意赅地把事情的来龙去脉说了一遍。备前六听完立马蹦下了土间，抽出身上的刀，朝着刚才挑事的男人腰上狠狠一脚踢去。

"混账东西！还不赶紧跪下认错！竟敢怠慢这位贵人，我看你是活得不耐烦了！"

传藏这人伶俐得很。见备前六当着他的面教训手下，他反倒唱起了白脸：

"也怨我没有报上自己的名字。罢了罢了，就放他一马吧。再说我接下来有些事儿，还得让他们去跑动跑动。喏！"说着朝那男人扔出一枚银子，"拿着这个，帮我去买些酒回来！"

传藏跟着备前六进了客间，然后立即让其屏退了身边的人。

"我这边有事相求。"

"只管吩咐便是！我这条命，还是你给捡回来的啊！"听备前六的口气，传藏要不就是救过他的命，不然就是过去混黑道时候的同伴。不过两人似乎都不想再提起过往。

"我听说这些日子，你在为所司代办事？"

"不错。"

"影法师在哪儿？"

"什么？你再说一次？"

"我说影法师！"

见备前六脸上的表情有了些许的动摇，传藏便把在藤堂家发生的事简单明了地说了一遍，结了还不忘说上一句："我要亲手杀了他！"

"原来如此。就是说你只有独自找出影法师，然后除掉他，目前的困境才有转机是吧。不过关于那个影法师，其实役所那边早就闹开了锅，整日整日地下令让我们在市内搜索他的踪迹。可惜呀，至今也没个苗头。我倒想你能给我点儿线索呢。"

"是么……"传藏思索一番，接着说，"不如这样？让我暂时住在你这儿，跟你们一起找。至于条件嘛，自然就是如果找到了，在通报给所司代前，先让我动手收拾了他。你觉得如何？"

"这可不好办呐。"

"为什么？"

"这样，不就得不到银子（赏钱）了嘛。"

他们需要将影法师的动向上报给所司代，就能得到一笔赏钱。所以当然无法接受有人断其财路。不过传藏也不是个吃素的。只见他从怀里掏出一把金银，哗啦撒在了榻榻米上。

"要钱的话，我这里有的是！再说了，只要到时候再跟役所说协助我除掉了影法师，赏钱也少不了你们的吧。"

"可是彦坂老爷……"备前六并没有去碰榻榻米上的金银，一双眼睛闪着贼光，"凭你的实力，真的能做得到？"

"我看对方不过就是些伊贺或甲贺的忍者罢了。再说，我的身手，你不是应该很清楚么？"

"成！"备前六伸出双臂将面前的金银刨入怀里，站起身子，"我说这几天怎么老觉得会发生什么大事儿，琢磨着今晚再去探探风头呢。你倒是来得是时候，我就与你同去吧。"

"去哪儿？"

"室町六条的一户女宿[4]，屋号相州屋。是近期才刚开的户子，报给所司代的那边的许可，是用的堺商相州屋太左卫门的名义，不过我听说那商人前些日子死了。"

于是乎，传藏和备前六就在那日黄昏后去了室町的相州屋。

房间铺满了琉球[5]风格的苇席。就一座在短时间内修建起来的妓馆而言，不难看出室内装潢和日用品选择上都是下了不少功夫的。

两人在蒲团上落座后，从各自陪侍的女人那里接过酒水，喝了起来。备前六一副没见过世面的模样，把屋里上上下下里里外外瞧了个遍。

"真是够奢华的呀。怪不得那些酒客口口声声说能过一晚上大名的瘾嘞。"

彦坂传藏并未多沾酒，只是抽着一旁女子为他端着的大烟管，问了一句："这里当家的可在？"

"上代太左卫门大人过世后，如今是由他的外甥二代太左卫门大人继承的。"

"把他叫来。"

"当家的不会在酒席上露面，这是来这条街寻乐之人的共识，还望谅解。"

"不叫他来是吧？可以。那就由我自己去他屋里找他。"说完正欲起身，就被一旁的女子挥袖挡了下来。

"既然您说到这份儿上，我就去把他唤来吧。其实定下规矩，也不过就是怕当家的露面会碍了客人酒兴罢了。既然客人您都不介意……"

絮叨辩解一番后，女子起身离开。须臾，当家的已经跪坐在走廊上俯身叩首了。

这人一副寒酸相。虽然看得出月代细心打理过，但发髻却只用一根银绳绕了几圈，垂在后脑。

"你就是当家的？我是彦坂传藏。来，喝一杯。"

"嘿！"当家的虽然连忙道了谢，却以天生不胜酒力的理由婉拒了。

"既然如此，那就跟我聊聊。到这边来。有时候闲话也是不错的下酒菜嘛。"

对方都说到这地步了，当家的也不好再做推辞。于是便立膝而行，坐到了房间的角落，又鞠了一躬，这才抬起了头。

竟是佐助。

"您尽管吩咐。"微微一笑。

佐助虽然与才藏一起待在鹰之峰的云龙院，但暗地里也干着相州屋当家的行当。这件事，连才藏也不知晓。

"当家的，我有件事儿想问问……"

"哎嘿！"恭敬到低三下四的态度。尽管佐助知道眼前这个彦坂传藏，就是前几天夜里自己和才藏在晴明塚用幻戏戏弄过的那个人。

传藏对相州屋的由来一番刨根问底。谁知佐助应对自如丝毫不愿得罪客人的态度，反而令他得寸进尺。

"你们这儿有客人的名簿吧。拿来让我瞧瞧！"

佐助依旧没有反驳，立即差了手代去取来。

"有点儿意思。这下关东各军中来消遣的人便一目了然了嘛。"

关东各个部队进入京都以来,市中的旅店都接到通告,要求每日将留宿者的姓名张贴在店面外,就连花街里也必须用名簿记录上游客的名字。

彦坂传藏扫视着名簿上所记的名号,突然他的目光停留在其中一行上。

"这个阿苏大宫司家臣斋藤缝殿,看来是这两三天才到此地的嘛。不管他是神主、祢宜还是神人,这手头未免也太有闲钱了。"

"您说的是……"这一次,佐助的一脸阴郁并非演技,而是发自内心了。对他而言,隐岐殿攥着才藏不愿放手的现实原本就没少让他头疼。

"喏,备前六。你不觉得可疑吗?"传藏回头问。看来他俩怀疑的矛头已经从相州屋本身转向了酒客。

(恐怕大坂方的间谍是在这些酒客之中)。

"的确。"备前六附和了一声。

"当家的,这客人留宿的房间是哪一个?"

"客人所在的房间,实在是无法告知……"

"相州屋的……"备前六在一旁小声插话,"你知道我是谁吧。六角堂背后那家口入屋[6]只是表面上的事业,私底下还干着另外的活计。今天咱就是为了那私下里的事儿才来的。有些话,你可得想好了再说哦。"

"那是当然,当然。久闻大名,要不也不会连客人的名簿也献上了。"

"知道就好。那就乖乖地把这个斋藤缝殿在的那间儿给吐出来。"

"这……"佐助当家思索片刻道,"不如由小的去将斋藤大人请到这儿来如何?"

"不行!"

"既然如此,那小的就吩咐人领二位去吧……喂!"他正准备唤手代来,不想却被传藏给阻止了。

"就由你带路。"

"是让小的来为二位引路吗?"佐助刻意拔高了音量。原本悄悄站在走廊上竖着耳朵听着房内动静的某个相州屋手代,听到这句话立马从拉门背后走出,急匆匆地跑上了二楼。这手代自然也是佐助手下的甲贺忍者。

听到他的通报后。

"怎么?是所司代手下的官员?"才藏询问道。

"并非是官员。他们一个是放免,另一个自称叫彦坂传藏。传藏就是那个……"

"我知道了。等下你就告诉他们斋藤缝殿不巧已经出门去了。"说着用手捞起一旁的编笠。

隐岐殿望着才藏准备离开的背影,轻声道:"屋中不乏藏身之处,我不许你出去。"

"要是我再继续逗留此地,会让整个相州屋都招来怀疑。那男人必定会继续盯梢我,今晚我就回云龙院去。"

才藏选了另一边楼梯下楼。腰间插着配有奢侈的描金画银刀鞘的两把刀,优哉游哉地出了相州屋。

虽然此时太阳已经落了山,室町的街上却还是喧闹依旧。才藏目不斜视,朝着西面迈开了脚步。

男丁们开始穿梭于街头,逐一点亮各处的辻行灯,然而天色还不算太暗,尚能看清擦身而去的过客眼眉。原本这个时间段,用京都本地话来说,是"彼谁时",与"谁彼"[7](黄昏)如出一辙。

才藏正走在通向朱雀方[8]的路上。(不妙啊,没想到竟然还亮堂着。)他十分清楚自己的能力。若在夜间,他的剑法可谓举世无双,一旦暴露在白昼之下,恐怕不是彦坂传藏的对手。

(只要余晖尽早散去……)太阳刚落入西山上空,天空便被夕阳映成了如火烧一般的血红色。而彦坂传藏也在六条室町的辻行灯边,找到了才藏。

"老爷……"备前六的声音明显在发抖。饶是一个过着刀尖舐血日子的男人,在被扯进如此一触即发的场面里时,也有些撑不住了,"去向所司代报告吧。那个要真是影法师,万一坏了事就得不偿失了呀。"

"我不会失手的。"传藏面朝前方,根本没有看备前六。

"要不要我去叫上百来号人?"

"有你那些手下就足够了。"传藏可不想这块大肥肉被官员们抢了去。

"那些混账东西派不上什么用场呀。"

"我也没指望他们。"

于是,七八个备前六的手下,拿着伪装成草席包裹的大胁差,跟在才藏后面。当时所司代严令禁止庶民持有大刀,因此他们只得用东西包上刀的外面才敢上路。

看到才藏往西面拐去,传藏命令备前六:"让你的手下去捡些石子来!"

没多久,才藏走进了本愿寺北墙边的一条小巷。那一带几乎没什么人往来。不过这时,传藏瞅着渐渐暗下来的四周,有些按捺不住了。

"备前六,你带上两个人,抄到他前面去。"

"这,这是要做什么?"

"看准时机,用石子扔他。在他被石子吸引注意力的空当,我就出手。还不快去!"

"我,我不干!"

"给我去!"传藏用刀撞了一下备前六的背。或许是豁出去了,被传藏这么顺势一推,他带上两个手下就往前跑了上去。

才藏察觉到了背后的动静。

当备前六从才藏的左边绕到他面前时,才藏的左手就搭在了左侧的胁差上。毫无察觉的备前六又往前跑了几步后,身体突然就往前摔了出去。他的手下赶来一看,备前六的头和身体就已经只连着一张皮了。

"啊——"悲鸣声起。再看路上,哪里还有才藏的影子。

用左手拔出胁差砍掉备前六头的同时,才藏就高高跳起,稳稳地落在了本愿寺墙内。沿着墙根又往东走出二十步后,他再次蹿上了墙头。

备前六的那几个手下早已作鸟兽散。而尸体旁的彦坂传藏,则沉下腰摆出了居合的架势,谨慎地窥视着四周。

才藏落在了传藏身后。传藏惊觉,当即顿地撤开了一大步。

"现在天色已暗。"才藏小声说道,"这场对决,是我赢了。别再做无意义的挣扎了，收手吧。"

"你就是影法师。"

"据我所知，你是藤堂家的彦坂传藏吧。作为一个大舍流的高手，这几年不时能听到你的名号。想必你也是挫骨修行，才练得今天这身功夫。虽然专攻不同，但经历应该是相似的。你我同为以技为生之人，亦非以武功勇于战场的普通武士，今日我就放你一马吧……慢着！"才藏见对方已经将右脚踏出，连忙阻止道，"对付我你能有什么好处？"

"少说废话！"

"不就是能增俸么。我听说就凭你这一身功夫，却被归在区区百五十石的小姓组里。那些当大名的，根本就看不起剑术，对他们而言，犒赏在战场上有功的人才是惯例。你根本没必要为一时意气用事而赔上性命嘛。"

"你这个伊贺忍者！"

"原来如此，看来在你眼里，伊贺忍者也是低贱的存在。不过都是凭本事吃饭的人，该好好谈谈的事，还是得一码归一码。"

"你想让我收手？"

"没错。"

传藏不再言语，只是一步步逼近。这就是他的答案——杀掉才藏。

才藏从怀里摸出一根一尺来长的筒状物，高举过头。那筒中突然绽亮，让彦坂传藏大惊失色。

"没什么好怕的吧。这就是前夜里，让你被磷火迷了眼的东西。"

才藏手中的东西似乎绑着绳子，只见它突地飞向空中，下一刻又回到他手里，进而前后左右地蹿动起来。

"这是伊贺的雨松明。"

雨松明，选用白色的牛角，将其内部挖空，边缘削至只有纸张厚度，再往筒状的角身中放入二三十根鸬鹚的羽毛管。据说是因为羽毛管中事先灌有水银，当水银受热化为蒸汽时，能呈现出宛若月晕一般的光芒。实际原理不详。

没多久，晃眼的光晕绕着才藏飞转了起来。

"卑，卑鄙！"

"伊贺自然也有伊贺的'刀法'嘛。"

光团之中，根本无法看清才藏的身影。

"妖怪"，传藏心里不得已生出了如此的念头。眼前划过的无数光弧，时而似勾勒出人影轮廓，但立刻弥散于空中，不时又给传藏一种贴地而过的错觉。

（既然已经知道是怎么回事）没错，机关已经由才藏本人在刚才暴露给他了，然而……

"彦坂传藏。"此刻,他身后却响起了才藏的声音。

但当他猛地转身看向背后时,却没有任何人站在那里的迹象。这正是才藏的诱敌之术。如此让对方错觉声音从另一面传出的忍术,在伊贺被称作"燕目"。按理说应是属于腹语的一种。也就是在转身的瞬间,传藏的架势出现了微妙的变形。

"方才那一下,原本我可以取你性命,但我不会动手,你还是赶快退去吧。"

"我都看到了!影法师!"传藏向前猛踏出去的同时,挥刀右斩。这一下直接砍断了才藏手中牵着的那根绳子,绑在前端的雨松明应声飞出老远,划了一个弧线,掉进了本愿寺的墙内。

"你看到什么啦?"才藏持刀呈中段[9],但刀身却平放着,刀刃朝向一边。那是一种充满怪异的架势。这时,他的身影噌噌噌地朝后退了好几步,突然啪嗒的一声趴在了地上。

"……"漆黑之中,传藏眼中的才藏如同一块平铺于地面的黑布一般。

(这又是什么招数?)传藏心中存了疑虑,竟也没法往前再踏出去。

才藏此举,却有他自己的理由。实际上,他将右耳贴在地面,是在探听脚步声传来方向的情况。他发现,来人不止一两个,而是一大伙。

(应该是所司代的人手了。)摆在他面前有两条路。逃走,或是杀了传藏。才藏将刀架在自己的左肩上,陷入了沉思。

远处传来犬吠,大概是朝所司代的人在叫唤。没多久,附近的狗也都跟着叫了起来。

"传藏,看来是所司代的人来了哦。"全然一副跟同伴搭话般的口气。

传藏其实也早就发现了。估计是备前六那几个逃走的手下去报的信吧。要是不能在所司代的人赶到之前将影法师了断的话,自己就没法回藤堂家去。这么一想,传藏也有些慌了神,只见他跳着脚,"喀!"地发出宛如兽类嚎叫的气合[10],一下子从才藏身上跳了过去。待他落在另一边后,才藏这才起身,越过水渠纵身一跃,落在土墙的另一面。

至于传藏,已经倒在路边,胸口再没了起伏。

少顷,本愿寺一带就被所司代的人手中的松明围了起来。城中的木门早已闭上,这时候的路上,到处都是各家大名派出的警备队,就连蚂蚁也休想钻进城里。

所司代的人在简单地对大街上的传藏与备前六的尸体验

尸后，发现两具躯体都尚存余温。那也就是说……

"应该还没走远。"其中有人如此说道。

"……跑进寺里了？"在场的其他所司代官员纷纷颔首，"应该就是进了这本愿寺里。"

一行人立即将情况通报给了本愿寺家老下间丹后守赖道。本愿寺中的人也早就察觉了周遭的喧闹。所司代的使者抵达时，外围的各门已经燃起了警备用的篝火。

虽说是寺庙，却并非等闲之地。这是一座包括寺武士、中间、小者，足有千余人的近似大名规格的大型寺庙。

它也曾有过以强大武威震世的时代。且这个过去，实际上并不遥远。就在元龟、天正年间，这一宗门将全国的门徒召集到石山本愿寺（之后成了秀吉的大坂城），与信长进行了持续十一年的漫长对抗。这一段历史被称为石山之战。

后来，秀吉赐封其京都下京之地。转移到此处后他们便被解除了武装，加之家康又在前一年把本愿寺的分院分割开来，将本山划为东西两座本愿寺，因此其势力半数被削弱。然而即便是往日武威不复，警备规模却并未减少。

才藏逃入的，是"西"本愿寺。

家老下间丹后守将本愿寺那扇几乎媲美大名屋敷的长屋门八字敞开，被武士们簇拥着坐在折凳上。丹后守年轻时，曾作为守城方的一名大将在石山之战中大展身手，已经苍老的脸上,那双炯炯有神的大眼中,闪着警惕的精光。

所司代首席与力平田源左卫门出现在他面前。

"职责所在,请允许在下一行进入搜查。"

丹后守沉默片刻,开口道:"你说职责?"

"不错。"

"那我就更不能让你们踏入一步。"

自镰仓时代以来,寺院就是连守护大名也不得干涉的法外之地,德川幕府也不例外。寺院的司法措施,全权掌握在寺社奉行们的手中。

然而寺社奉行如今远在江户。虽然在遥远的京都,这一项工作一般来说由本地的京都所司代代理执行,但若说到"职责",却从来都是在寺社奉行手中,绝非所司代所有。丹后守抓住的,就是首席与力的那句不慎发言。

可源左卫门是个老练的与力,为了避免与本愿寺结下梁子,立刻致歉并改口道:"的确是有十万火急之事,请允许我们进入寺内。有贼人潜入,异名影法师。"

"什么?影法师?"下间丹后守听闻后表情一动,看来对此事颇有兴趣。

至于这个本愿寺家老下间丹后守,为何会对影法师这个名字如此敏感,理由我们会在后文中提到。

丹后守马上恢复了先前的表情："那贼人确是逃入了本寺？"

"千真万确。"平田源左卫门点了点头继续说，"万万不能再耽搁了呀。不然贼人随时可能逃之夭夭。还望能网开一面呐。"

对方都说到了这个份上，下间丹后守也没有再拒绝的理由，就放他们入了寺。

"能再借一些人手吗？"这要求也是情理之中。

于是，所司代加上本愿寺，上下近五百号人手持松明在偌大的寺内搜索起来。没想到这工作比源左卫门一开始想象的要棘手得多。寺内除了阿弥陀堂、本堂，还立着林林总总各式建筑。总不可能挨个把天花板里都找个遍吧。

当他们把寺内的二十来口水井都查了个底朝天后，"没有……"负责搜索的人中开始出现了近乎绝望的私语声。东边的天空也开始亮堂起来。

"下间大人。这下就剩阿弥陀堂和本堂的天花板里还没搜过了。请允许我派捕吏上去，就当是为庙堂扫去落尘蛛网可行？"

"那可不行。"丹后守毫不客气地拒绝了。这对于寺庙而言，也是理所当然的。

"还请务必……"

"不成啊……"

"那就让所司代板仓伊贺守大人亲自去向住持请愿如何?倘若还是拒绝……要知道那贼法师可是大坂方的间谍,情形对贵寺不利呀。"

"有什么不利?"

"贵寺与已故太阁殿下因缘匪浅。这要是弄出个影法师来的话,难免不会落下个与大坂私通的话柄,无端遭人怀疑。"与力见软的不行,开始威胁。

"也是无可奈何。"丹后守虽然口头上应允,脸上却难掩不快。

可就算把阿弥陀堂和本堂也都找了个遍,却仍是连影法师的脚印都没看到半个。天快亮的时候,疲惫不堪的所司代手下们才从本愿寺撤离,下间丹后守也朝着寺内的一处上房走去。

当他拉开自己房间的门时,原本应该空无一人的屋内,却飘出了一股香气。

"是,是谁!"

"吾乃影法师是也。"

他的眼前,是随意横躺着的才藏。

饶是历来大胆的下间丹后守,此刻的声音也带着颤抖。

才藏一边慢慢起身一边说："也就是借个地方小睡了一下。没有要劫财索命的意思。要是你希望的话，我的刀也可以先交由你保管。"

"有胆识。"丹后守的目光钉在才藏身上，"只是有一点我不太明白。就在刚才，所司代的人手撤出了本寺。不过我分明记得这房间他们也是搜索过的。那时候你到底藏在何处？着实让人匪夷所思。"

"就在那里面。"才藏用下巴努了努一旁的隔扇。那扇门后嵌着一座正面有三间宽的大佛龛。他之前就是睡在那上面。

"影法师啊，你肚子不饿么？"

"顺便再给我来点酒。"

"你这贼人脸皮倒是挺厚。我这就让人去准备。"说完他正准备走出房间，却被才藏用一本正经的声音给叫住了。

"慢着！不能叫人。"

"你以为我会去向所司代告密？"

"当然不是。只是我的事若是走漏了风声，此寺也就危险了。让我自己去厨房找点酒菜便是。"

"要是在路上被人瞧见了呢？"

"我可是影法师。怎么会轻易让人看到。"

不一会儿，才藏就端回了现成的干鱼和酒。

"让我先来试试毒。"说完就喝了一口酒。

"到底谁才是客人呐。"丹后守惊讶于才藏的举动,然而从语气里不难听出,他对这个来历不明的影法师颇有好感,"我说影法师,我在大坂丰臣右大臣尚幼时曾经拜见过他,不知他现在可安好?"

"秀赖什么的……"才藏直呼其名道,"我怎么知道。"

"还真是语出惊人啊。难道在京都声名大噪的影法师,竟不是大坂方的人?"

"差不多算是。"

"既然如此,却连大将的消息也毫不关心,未免……"

"我不过是在完成委托罢了。谁有闲工夫去管那些云层上的贵人们。不过话说回来,不愧是本愿寺呀。事到如今还能顾及太阁当年的恩义,帮助我这样的人藏匿,真是感激不尽啊。"

"下不为例。"丹后守强调。要是三天两头这么来一次,他也肯定吃不消吧。

正如才藏所言,太阁有恩于本愿寺。过去的住持在被信长赶出石山本愿寺后,曾经在纪州流浪了一段时间。后来被秀吉出于好意召回,还受赐下京的土地,得以建成宏大的寺庙,也就是如今的西本愿寺。

作为本愿寺家本家的西本愿寺,却对德川家十分怨恨。

而这份怨恨确确实实地一直持续到了两百多年后的幕末，以至于维新前夜同为一家的西本愿寺和东本愿寺却分别加入了勤皇和佐幕派。

虽然是题外话，不妨就再来详细地了解下其中因果吧。

就在石山之战，本愿寺与信长签订了屈辱的和解条约，开城投降，落得一个辗转纪州鹭之森、泉州贝冢、摄津天满等地的下场。当年的家主，是本愿寺显如。

之后，天下易主。新主人秀吉便向落魄的住持伸出了援助之手，并让其管理京都七条堀川的地盘。然而显如福浅，没多久便病死了，家业传给了长子教如。

教如这人个性刚烈，即便是在石山之战变成了拉锯战，感到头疼的信长搬出朝廷的面子提出讲和时，他也是一如既往主战，甚至为此与父亲显如起了冲突。他在本愿寺撤离石山后，离开父亲浪迹诸国。那份对信长的憎恨并未褪色。信长死于本能寺，秀吉继承织田政权君临天下之后，教如的憎恶也丝毫未减。对他而言，不过就是织田变成丰臣罢了。

而秀吉也察觉到了教如的不安分，他认为"如果让那个人担任住持，总有一天会重蹈石山之战的覆辙"。于是虽然教如在显如离世后继承了家业，但短短三年之后，秀吉便提拔了教如之弟准如为家主。

那之后的教如，原本以为余生都要在丰臣政权之下过着不得志的日子。谁想人算不如天算。秀吉西去之后，天下的霸权又到了在关原之战中取得胜利的家康囊中。

家康盘算着将本愿寺这头沉睡的雄狮饲为己用，于是教唆教如建了另一个本愿寺，也就是东本愿寺。可以说，西本愿寺是丰臣所建，而东本愿寺却出自德川之手。

因为这层关系，西本愿寺的家老下间丹后守偏袒丰臣一方，自然是在情理之中。才藏正是看准了这点，才会潜入这位老人的房间。

而丹后守对才藏的态度，可谓亲切得让才藏都不自在起来。

"现在街上到处都是警备的人。入夜前，你好好在此歇息便是。"

才藏道谢后，又捏搓起自己身上的小袖，说："还有一事相求。"小袖上的花纹已被追兵见过，不换一件衣服恐怕不敢再走出门去了。

"噢！瞧我都没想到。我这就去准备一套新的。对了，刀要不要也换换？我这里可有不错的刀哦。"

说着，丹后守随手就递给才藏一大一小两把刀。大刀刻着长船新十郎祐定，而胁差的刀铭则是堀川国广。

"如此逸品对伊贺忍者而言太浪费了。"

"不不，比起被放在寺里，它们更适合让影法师大人你使用。老衲可是巴望着能看到丰臣盛世再临啊。"

才藏回到鹰之峰的云龙院后，躺着过了好几日。

直到云看不下去，开口问道："影法师大人这些天是不是准备出动啰？"

"嗯，放假。"

就算去了都内，各处都戒备森严，根本无从下手。最重要的是，六条室町的相州屋也没了。就在前一天，所司代进行突击搜查后，把那里的房门都用木钉封了起来。

只是黎明时分，当所司代负责检查的官员还在路上时，相州屋里早就人去楼空，只剩下一些不知所措的无关游女和女佣。佐助当家、隐岐殿，还有那些甲贺众扮作的男仆，都不见了踪影。

但让才藏隐约感到不安的是佐助和隐岐殿并没有回到云龙院来。从昨日起，才藏也不止一次有意无意地探过云的口风。

"发生什么事儿么？"才藏似在自言自语，"真是怪了。他们该不会回大坂去了吧？"

"怎么会？两位是不会把雾隐大人独自留在这里的。"

"这就难说了。毕竟我只是个外人嘛。"

"您有些太过偏执了。"

平日里云一早就会到市内去托钵化缘。然而那一天日头还高着,却见他慌慌张张地回来了。

"出大事了!我们八个甲贺同伴的头颅,正被挂在六条河原示众!"八人,也就是当时伪装成相州屋男仆的全部人手。而六条河原上立着的所司代公告牌上,只是写着——

"此干人等犯盗贼之刑,故斩首。"

却连行刑前的游街示众也没有。

"他们是在哪儿,又是怎么被抓住的?你在市内打听到点儿什么没有?"

"在下已经尽可能地搜集了情报。据说是今天天还没亮时,所司代的人手就突袭了寺町的一座叫本寿寺的寺庙,然后将人犯尽数捉拿云云。"

"本寿寺?"

"您不知道吗?说起那个本寿寺……"

其实净土宗本寿寺的住持与身处云龙院的云如出一辙。都是年轻时遁入佛门,最终升居高位的甲贺忍者。

"他们从六条室町撤至本寿寺时,被所司代的密探盯梢了吧。对了,佐助和隐岐殿呢?有没有他们的消息?"

"据说收押之人中,有女子……"云咽了口唾沫,"……一人。被捕是事实,但详细情况也不太清楚。会不会就是隐岐殿?"

黎明将近,猿飞佐助踏着鹰之峰的月光回到了云龙院。

他脸上冒油,只有双眼还算有神,看来十分疲惫。见他浑身上下到处都是血迹,才藏上前询问,得到的回答是"溅上的",当然自己身上也负了几处轻伤。他从京都市内杀出一条血路,好不容易才得以突围。

"把详细情形说来听听吧。"

"没什么好说的。只是没料到对方竟然会突袭本寿寺。这次,是我的失策。而且……眼睁睁地看着隐岐殿被他们带走,我却因为要对付面前的敌人而分身乏术。本想使出障眼术,奈何当时四周还未暗下。当真是束手无策,不得已只得扔下他们,自己杀了出来。"

"隐岐殿身在何处?"

"不知道。恐怕不是在所司代的大牢里,就是被带去大名的宿阵了吧。要是不设法救出隐岐殿,我还有什么脸回去见大人和大野修理大人啊。眼下,甲贺大半人手都已进了大坂城,原本供我差遣的人也在本寿寺全部丧命。就算我想去救她,也是无从下手。才藏,无论如何你都得帮帮我们!"

"我应该怎么做?"

"就是那个。"佐助心中早有打算。他所说的那个,便是才藏身边的下忍。

伊贺雾隐家代代都会在京都开店，让自家下忍打理经营。室町的分铜屋也就是这么来的。前文中出现过的以孙八为首的几个小头领，分别在那间店里扮演着掌柜或手代的角色。

"你是让我动用分铜屋？"

"算我求你。"

"可……"才藏面露难色，"佐助你也是知道的。甲贺与我们伊贺，在组织上有着根本的不同。你们之间存在主仆关系，但在伊贺，大家终究不过都是独立的术者。就算我生在上忍之家，也无权命令他们去赴死。最关键的一点，加入丰臣方的，就只有我一个人。至于他们，各有各的考虑吧。这就是伊贺忍者。"

"原来如此。"

"明白了？"

"归根结底就是钱吧。"

"聪明。伊贺忍者不似甲贺会为大义所动，能搬得动他们的只有钱。佐助，你手上有军资吗？"

"有。云，去把御用金拿过来。"

片刻后，云将三十块铸成竹节形状的金块摆在了才藏面前。一块竹流金[11]，相当于十枚大判金币。三百两大判黄金，绝不是一笔小数目了。

"这些够不够？"

"先把这事儿告知他们一声吧。云，能不能叫使者去分铜屋把孙八唤来？"

"感激不尽。若有伊贺忍者相助，当真比甲贺众人更让人心中有底。"

"佐助，你这是要去哪儿？"

"我再回都内一趟，探探隐岐殿被囚在何处。"

注释：

【1】中间：武家侍者的一种称呼。

【2】大舍流：剑术流派，又作体捨流。

【3】八双：类似前文提到的八相。又称为车之构，大舍流所有太刀形的起手架势。

【4】女宿：妓院。

【5】琉球：江户时代的琉球王国。

【6】口入屋：江户时代，收留来自乡下的求职者，提供住宿，并为其介绍工作。食客们与老板为主从关系。

【7】彼谁时、谁彼：日语原文为"彼は誰時"，意思为"对方是谁？"而"谁彼"与日语中"黄昏"的发音相近。

【8】朱雀方：南方。

【9】中段：剑道的架势中最平常但也是最基本最重要的

架势。刀尖对准对方眼睛,故又称正眼。

【10】气合:气势或运气时所表现出的大喊声。

【11】竹流金:将黄金灌入竹筒中,铸成金块。上面一般有刻印。

霞之阵

分铜屋下的秘密组织开始了活动。这一群人不动则已，一动起真格来，其行动能力绝非甲贺忍者所能比拟。

分铜屋除了以孙八为首的三个掌柜，还有二十来个扮成手代的伊贺忍者。只是这些人自然是不够的，于是孙八从伊贺本国以及京都各地又招来了自己的旧识。没过多久，就集结成了五十人的精英队伍。而待在鹰之峰云龙院才藏身边的孙八，则全权负责指挥他们的行动。

在伊贺忍者们的搜索网下，他们终于了解到所司代将隐岐殿送到了藤堂高虎的宿阵中代为看管。如果情报无误的话，那么隐岐殿明日就将被秘密处死。

这两个消息，都是伊贺忍者们在仅一天之内打探到的。身为甲贺忍者的佐助自是赞不绝口，却不知道其中另有玄机。

实际上伊贺忍者之间，有一个"市"。这个市，即是传言之市，在甲贺忍者的社会中是不存在的。

所谓市，就是不论受雇主家的敌友关系，伊贺忍者们以城市为据点，比如京都地区的就在京都，大坂的就在大坂，每月几次在夜里的秘密集会。他们会在市上交换各自的情报。世间的情势无论大小，都能在市上了解一二。

身在京都的孙八召集了替各家工作的伊贺忍者们，举行了一次市，并在席间询问了隐岐殿所在。于是就有一个受雇于藤堂家的忍者告诉他"她在我东家家中"。而且会在十一月一日的夜里被处决。

才藏在云龙院听过孙八的报告后说："看来免不得一战了。"

除了带上五十名忍者一举攻入藤堂部队的宿阵，别无他法。他们商量好在救出隐岐殿，将其转移到京都以外之后，便立刻原地解散。

"这也算一桩大买卖了。不过，任务既然做到那种地步，室町的分铜屋怕是再开不得了啊。"

"关就关了吧。不管赢的是关东还是大坂，世道终究都会步入与乱世无缘的时代。忍者再没了用处，留这个分铜屋又有何用？店里那些钱，大家就看着分了吧。"

"我倒是无所谓，只不过……"孙八一脸狡黠地瞅了瞅才藏，"让咱们的人为了毫无关系的丰臣家做到这种地步，用于打赏的钱未免也太寒酸了点吧。再怎么也得是笔能让他们在逃散后能一生不愁吃穿的数目才合理嘛。"

"去跟佐助提一提如何？"

佐助知情后，立刻表示"此言有理"。于是那五十位忍者都分别得到了十枚大判金。也不知果然是有钱能使鬼推磨呢，还是各自心里都有了这一次也许就是最后的任务的觉悟。总之他们一个个都以一种异常高涨的热情在候着才藏与佐助的指示。

庆长十九年（1614年）十月三十日，夜。雾隐才藏将雾隐家包括孙八在内的五十名忍者聚集在鹰之峰云龙院的一室之内。

在座的成员打扮得五花八门。有江湖艺人、买卖人打扮的，有云水，甚至连无赖都没落下。

"才藏大人，久违了啊。"也有像这位蹭到才藏身前请安的老年忍者。

被才藏唤了名字，三个忍者闻声上前。这三人的名字也有些奇特。为首的那个叫做"兰"，后面的两位分别叫"菊""梅"，当真是风雅得很。类似三人这样以植物命名，是伊贺明张川流域出身忍者的特征，而那一带的忍者均是身怀入城特技的高手。才藏事先让他们三人潜入了藤堂家宿阵所在的建仁寺，事先摸清了寺内的地理环境。

"兰，你先来给大家仔细地解说一下隐岐殿的牢房位置。"

兰从怀里摸出绘有建仁寺结构的图纸摊开。从图上可以看出建仁寺内颇为广阔。

建仁寺是始建于镰仓时代的建仁二年（1202年）的大型禅寺。开山鼻祖为荣西禅师。寺庙南起五条、西至鸭川，向东一直到下河原，占地五万余坪[1]。据说寺院的样式取荣西所好，参照了中国百丈山的风格。

这座曾经经历过繁华的寺庙，曾几何时亦拥有京都五山之一的荣耀。在沐浴了天文年间[2]兵火之后，寺庙却被长年废弃。后来于关原之战战败大名之一的安国寺惠瓊生前为建仁寺再建倾尽心力，终于才使得堂塔诸门再现昔日风采。即便是在收容了藤堂家五百兵士的情况下，寺内的空间仍是绰绰有余。

"在下认为隐岐殿肯定是在这个位置。"菊指着图纸的一点说。

"哦？可这里不是浴殿么。"那是一处单独立于寺中的建筑，殿如其名，是一个浴场。而且还不单是洗浴之地那么简单，应该是修筑有澡堂在内的。用来做牢狱倒有些不伦不类了。

"正是。不过这里如今已经不再使用。殿的内部修有牢房，隐岐殿被囚在其中。"

"看守呢？"

"骑兵三骑,足轻十人。"

"挺松懈的嘛。"

"虽为大坂方的间谍,但隐岐殿毕竟是女子。大战在即,只是看管一个女人家却还要派上大批的人马,对藤堂家来说,着实有失武家体面。这一点对我们而言,倒是意料之外的幸事。"

"那是自然。"

才藏细致地为众人分配了任务。五十人首先分为四队,以夜里十点的钟声为信号,分别从东西南北侵入寺庙。其中一队负责救出隐岐殿,剩下的三队掩护断后。任务结束之际,亦是各自消失在这个世界上之时。

有人问:"阵法呢?"

"就用霞之阵。"才藏当即回答。

这是伊贺忍者在潜入城内时擅用的一种战术。

"说起来也是许久没用过了呀。"叫田草的老年忍者微笑着说。他年轻时曾受石山本愿寺雇佣,当年让织田方伤透了脑筋的,正是霞之阵。

"所以这一次,禁用火术。"才藏又说。

"那还用说么。"老忍者回应道。

用火,是霞之阵的大忌。再说了,若是在藤堂宿营中放火，不免会招来都内屯驻的关东诸军，只要入京的七口被封死，五十名伊贺忍者就是瓮中之鳖了。

"一旦事成，就各自朝定好的方向散去。这些是给你们路上的盘缠。"说完又分配给忍者们一些金银。忍者原本无俸无禄，只拿佣金。金银的那种冰冷的触感，似乎尤其能让他们感到愉悦。

"感激感激。"

"不愧是天下的丰臣家呀。"众人纷纷道谢。

"那么才藏大人，现在我们可以先散了吧？"

"保险起见，我再强调一次。兰、菊、梅作为伏兵，先行一步，立刻出发。其他人现在暂且各自在都内逗留。明夜四之钟（晚上十点）响起之时，便从各自分配的方位潜入。到时候我会在矢之根门的屋顶上，甲贺的佐助则候在门下。听明白了吗？"

"得令！"众人散去。

担当伏兵的兰、菊、梅当日就趁夜摸进了建仁寺。在第二天夜里的行动开始之前，他们必须将一切准备妥当。

伏兵的工作十分繁忙。其中还包括向水井中投毒。毒药需分三次投入。最初的那份，叫做"惨"，吃下去只会出现轻微的腹泻症状。接着是"瘴"，能让人产生倦怠感。最后一味是"疠"。这种毒药能让人犯困，进而身体麻木，最终丧失运动能力，无法战斗。之所以不使用致命的毒药，是由于一旦出现毒发身亡的情况，城中就会提高警戒，不再饮用井水。

另外，他们还必须事先与牢中的隐岐殿取得联系，告知她井水已经投毒，千万不能食用宿阵提供的用井水烹制的食物。并将饥渴丸交付与她。

饥渴丸是一种忍者特有的应急粮。据说每天只要吃上三两颗，即便是十日之内不沾其他粮食也无碍。

按照传书上的配方，其制作方法是：取大蒜粉末十两、荞麦粉二十两、甘草粉一两、薏仁粉十两、山芋粉若干，在三升酒中浸泡三年，待酒全部挥发后，将剩下的材料搓成桃核大小的药丸即可。

那晚四之钟响起的时候，牢中的隐岐殿听着屋外肆虐的风声，蜷起身体。冷。已是深秋时节，再过一天，就是霜月[3]了。

突然，从牢房的格子之间露出了当班足轻的脸。

"喂！怎么还不睡？"

隐岐殿将脸偏向一边，并未理睬他。

"快睡！"

"睡着了我会被冻死的。"所谓的寝具，不过只是在地板上铺着一张草席，上面盖了一床用纸做的被子。

"我可偷听到对你的审讯了。你不就是那个横行于京都的影法师的女头领么。这种程度的冷，应该冻不到你才对呀。快睡！到时间就必须就寝，这是牢中的规矩。怎么，你还想遭遭罪不成？"

"你要对我怎样？"

"这样！"足轻将手中的六尺长棍伸进牢中。看他熟练的身手，想必也是个使棍的好手。不等隐岐殿避开，长棍不偏不倚地捅到了她的胸口。

"你在干什么！不得无礼！别怪我不客气！"

"你有什么权利反对？"看到一介罪人如此高傲的态度，足轻顿时来了火。他心里琢磨，反正也是活不过第二天的女人，于是……

"先前听说你是影法师的头头，我还以为是个跟安达之原女鬼模样的女人嘞。倒是长着一张招人喜欢的脸蛋儿嘛。那到底哪儿像鬼，让我来仔细检查检查。"

长棍应声像蛇一般缠上了隐岐殿的大腿，瞬间就撩起了她的下摆。隐岐殿向后倒下。虽然她拼命地夹紧双膝，却被长棍轻易撬开。足轻见状，饥渴地咽了一口唾沫："怪不得呢……我来让你老老实实地……喂……"话还没说完，足轻眼皮一重，周身关节上的力气尽卸，握着的长棍也脱手而出。然后就倚着牢狱的格子门瘫倒在了地上。

隐岐殿惊讶于突发的异变,慌乱中不忘理好不整的衣衫,站起身来。她朝格子外面一看,发现那足轻并非是丧了命,似乎只是睡着了。原本在土间里打瞌睡的另外两名牢头,此刻也躺在地上,睡得不省人事。

突然,从墙壁的缝隙灌入的风将烛火吹灭。与此同时,一条黑影出现在隐岐殿身后。隐岐殿正在惊讶是何人的时候,黑影抓住她的手,递上了什么硬硬的东西。

"这些是饥渴丸。吃下去。明日切记不要碰牢中的食物。"

"你,你是……"

"在下是雾隐大人的下忍,名叫兰。明日夜里四之时,我们会来接你。"

第二天一大早,隐岐殿就等不及夜晚来临了。

(才藏大人的下忍说四之时会来。)在这个念头不知第几次出现在脑海里的时候,钟声终于响起。僧堂里的半钟声,静静地回响在庙堂之间。当最后一声残响散去之时,隐岐殿胸口一紧。

不幸的是,四周的空气并没有流动。从板间可以窥见的天空中闪烁的星光,显示着这绝不算是利于潜入的夜晚。

突然，外面响起几个人的脚步声，接着是牢锁被打开的咔嗒声。隐岐殿忽地站起身来……

"女人！"不是她期待中的声音，"阵中目付大人巡逻来了。"

那个号称目付的人，带着三个常服的武士。当隐岐殿看到其中独眼人脸上的烧伤痕迹时，心里扑通一跳。

"牢头，都准备好了？"疲软无力的语气，与锐利的目光极不相衬。不只他，另外的几个人也都是脸色青白，像是抱恙在身。当然，隐岐殿不知道，这一切都是拜兰、菊、梅所设下的"死井"之术所赐。

平日一入夜就在寺内游荡、吠叫的那些狗，这夜也都默契地没了声响。想必也是受到兰他们的照顾了吧。

独眼武士突然闪进牢房内，紧接着，又有人抬着装满水的大盆跟了进来。顷刻间狭窄的牢房就被几个大男人挤得伸不开手脚。

"女人，虽然挺可怜的，不过……"感受到独眼男人的视线，隐岐殿只是挑了挑眉毛。

"还是得杀了你。"

隐岐殿的嘴唇微启。虽然从她自丰臣家家老大野修理那里接下密令之日起，就做好了随时可能死于非命的准备。然而真的到了这一天，还是无法抑制住传遍全身的颤抖。

"这副美貌,当真是名不虚传啊。杀了着实可惜。"独眼的阵中目付伸出手中的折扇,搁在了隐岐殿的颔下。只一发力,便将隐岐殿的脸撬了起来。

"多美的唇形。说点什么来听听?不说么。"

"无礼之徒。"

"声音真是好听。一想到就要听不见如此曼妙的音色,心里就觉得不忍呐。可军法难违,间谍乃是重罪。原本按照常理,等着你的不是车裂,就是锯切之刑,总之不会让你轻轻松松就去地府报道的。不过所司代吩咐了,要低调地处死你。砍头倒是不费什么功夫,但这里毕竟是寺庙,若是让血污了寺内,免不得会遭僧人们怨恨。所以呢,只有让你溺死了。"

(溺死?是要把我沉入鸭川吗?)

"把盆拿过来。"他指着足轻抬过来的大盆继续说,"要溺死一个人,用不着江河大海,只消几升水即可。把她的双手给拧起来。"

几个足轻上前制住了隐岐殿的身体,左右的人把她的手腕反剪了起来。

"把脸放进去!"

"不!"然而,这却是隐岐殿发出的最后声音。她的整个脸瞬间被摁进了水中,盆中的水没过了她的发际。

才藏登上建仁寺矢之根门，俯视着星空下黑漆漆的各处庙堂寺门。矢之根门其实就是所谓的勅使门。据说这扇门原本是在平家六波罗府的，门上布满了不知什么时代战争留下的箭痕，因此这里的人习惯叫它矢之根门。

四之时的钟声响起。

……动了。不，应该说只是感觉。毕竟才藏也并非能完全看清，但他能感觉到这偌大的建仁寺四面，正不断有黑影涌入。

（看样子是顺利进来了。）

按计划佐助应该就在门的下方。才藏屈膝一蹲，只一发力，身体就跃向了夜空之中。

"是才藏？"候在那里的佐助用的是唇语，并未发出声音。

"哎哟，结果还是杀生了么。"

佐助脚边躺着两三具足轻的尸体。

"我也是出于无奈嘛……话说回来，才藏，霞之阵交给我来指挥就足够了，你赶紧去浴殿那边吧。"

"浴殿不是有兰、菊、梅在么。"

"一码归一码，能救出隐岐殿的，只有你啊！"

"为什么？"

"像我这样的男人也说不清其中就里。不过男女之间的感情，不就该是这个样子吗？"说完佐助板着脸，咚地捶了才藏后背一把。催促他快去。

"真是无聊。"才藏的视线转向黑暗的寺内。

有雾气在渐渐降下。这自然也是那五十名伊贺忍者制造出来的雾了。

其实方法很简单。只须往寺内各处焚烧起来的篝火中扔入烟玉即可。但要让篝火边守着的足轻们毫不察觉，从暗处将烟玉不偏不倚地扔进篝火，可不是一般程度的练习能够实现的。

同一时刻，隐岐殿正面临被"溺杀"。已有了赴死决心的隐岐殿，无言地承受着痛苦。但令她始料不及的是，每当自己快要因窒息而失神断气的那一刻，头就会被拉出水面。本能地胡乱吸入一口气之后，又再次被按入水中。气管进水后，原本已经做好准备的身体也开始不顾一切地挣扎起来。阵中目付们看着眼前这个天生尤物垂死挣扎的模样，似乎乐在其中。

就在这时，角落的一座烛台轰然倒下。

"什，什么情况！"被白烟充溢的牢房内，发生了一点小变化。天井上的一块木板被卸开，却没有任何人察觉。从天井的洞里，一个个黑蜘蛛般的影子唰地落在了人群之间。

人影一共有三条。打头的是兰，菊、梅则紧随其后。他们落入白烟之中后，就顺利地混入了人群。一切都发生在一瞬之间。

"哇！"阵中目付的喉咙深处，发出了一个诡异的声音。他的下巴脱臼了。不只是目付，他的家臣、以及其他足轻的下巴也都无一幸免。且不仅是下巴，一干人的手足关节也同时松脱。眨眼间，地上滚动着的就是一个个如软体动物的身体。而他们从喉咙深处发出的哀嚎也只有那么一瞬间。因为下一刻，那几张嘴就被三名忍者迅速地用布塞了起来。

兰扶起隐岐殿，隔着面巾轻轻一笑："身体觉得怎样？"

"你……是谁？"三人一连串行动可谓神速，快到就连隐岐殿在看到兰的时候才终于意识到发生了什么。

"你是问在下吗？"他并未脱下面巾，只是说："我就是昨天晚上的兰。"

"啊，那才藏大人呢？"

"我去请他过来。"说着就出了牢房。外面的土间里，也倒着几个足轻。只是动手的并非他们三人，而是其他小队。

哗啦一声打开浴殿大门，铺在眼前的是星光四溢下的寺院。雾气开始转淡，寺内各处的黑影，也渐渐显出了轮廓。

兰心中暗道不妙，转头对身后的菊说："糟了，西风一起，雾就快散了。"

"总之先朝矢之根门去吧。"

正在这时，寺内某处的警钟疯狂地响了起来。

"被发现了。"兰皱起了眉头。

远处的一角，也开始有人影攒动，依稀还能听到在叫嚷着什么。

"隐岐殿。"

"在。"

"请闭上眼。"

隐岐殿还未回过神来，身体就已经落在了兰的背上。紧接着，兰脚下就像蹬上了飞云一般飞跑了起来，菊与梅则一前一后负责掩护。当走到法堂东面时，几个握着长枪的武士突然从暗中跳出，意欲挡住去路，却都被菊掷出的十字手里剑封喉而死。

这之后一路上出现的人都被菊用十字手里剑收拾掉了。真可谓是人挡杀人，佛挡杀佛之技。

"就是他们，追！"身后传来一声呼喝。紧接着，伴随杂乱的脚步声，从住持房的方向冲出来一大群手持松明的人。

当矢之根门出现在四人视野中时，兰的气息竟丝毫不见紊乱，他用平静的语调说："隐岐殿，这附近有我们同伴撒下的铁菱，在下无法走过去，只能跳跃前行，没关系吧？请你抓牢在下。"

兰捡起事先放在附近的竹竿,踩着一种近乎飘然的奇怪步伐往前跑了几步,"喝!"的一声大呼,只见他的身体突然就向着空中飞出几丈。

兰背着隐岐殿落在矢之根门前时,佐助已经在那里等着他们了。

"您平安无事就好。"佐助跪在地上说。

"才藏大人呢?他在何处?"

"他就在那边。"

"在哪儿?"隐岐殿拼命地在四周寻找才藏,然而黑暗之中,哪有他的身影,"我怎么看不到他!"

其实,才藏就站在离隐岐殿近在咫尺的松树树影之中。不过此刻的他正屏息而立,施展隐形之术,心无旁骛地盯着法堂的方向。他视线的尽头,是正在向他们逼近的松明海洋。

"早晚……"佐助开口道,"才藏总归会来与您见面的。现在不是纠结这些的时候。赶快逃出去吧。兰,接下来就拜托你了……"

不等佐助说完,兰将隐岐殿抱起,在菊与梅的左右护拥下夺门而出,朝着大和大路方向而去。须臾间,他们的身影就消失在了黑暗之中。

与此同时，寺内北角响起一大群狗刺耳的吠叫。从狗急迫的叫声来看，它们应该是在追着什么可疑的人。不过那声音竟然愈走愈远，似乎正渐渐往下河原的后门方向而去。

听到喧嚣后，手持松明的追兵也产生了迷惑。

"啊？该不会是往后门那边跑了吧？"

"分头追！"

于是一群人兵分两路，这意味着藤堂兵们中了霞之阵的迷魂局。实际上那些犬吠，是伊贺忍者们发出来的拟声。

追兵循着拟声一路跟到后门时，看到位于右侧的开山堂的大屋顶上，浮现出一个宛如星光的蓝色小光团。

"星星？"不等一群人回过神来，光团突然增加到十个。这下子，一些久经沙场的人发现了蹊跷。

"不对！是伊贺忍者惯用的大国火矢！"他们没有看走眼。没错，那些美如星光的伊贺大国火矢，正嗖嗖嗖地飞向他们。以星空为背景乱舞的无数星光，挨个刺入了寺内的一棵棵松树枝干上，冒出了浓浓的白烟。这就是"忍霞之术"。一种依靠大国火矢内的烟药燃烧产生的烟雾，人为制造出暮霭的忍术。

另一边，才藏和佐助所在的矢之根门附近，则传出了藤堂兵们踩在满是铁菱的路上发出的哀嚎。

"退下！"物头模样的男人高声指挥道，"那边的，去把风门、榻榻米拆下来，一直铺到矢之根门前！"

听到这句话时，门边的才藏向佐助笑着说："佐助，看来敌人是入套了呀。"

"不错。在他们把时间浪费在这些事的时候，我们的人已经平安地逃出生天了。现在寺内的，就只有你和我了。怎样，要不要在藤堂宿阵里大干一场，算是给京都留个手信啊？"

"哦？有点儿意思。"

没过多久，矢之根门前就铺起了一条门板与榻榻米做成的路。如果说遍地的铁菱是一条河的话，那条路就该算是座独木桥了。

"哇呀呀——"藤堂兵排成两列纵队，开始渡桥。而这一举动，正中才藏与佐助的下怀。依这样的队形，无论对方有多少人手，站在他俩面前的，终究只有两个人。

"噢！那边有可疑的人！"有人大叫一声。循声望去，一身忍者装束的才藏和佐助，正背对矢之根门站在那里。

"在那儿！"物头挢枪上前，"什么人！报上名来！"

"影法师……"一干人等在听到这句话后开始躁动起来。只有物头手握长枪，几乎是扑着朝佐助冲了过去。佐助轻轻一跃，一脚踢在物头头盔上的眼庇下。趁着对手咚地倒地的间隙，佐助抓住门檐，顺势一个翻身绕上了屋顶。这一连串的动作，都发生在弹指之间。

另一边，才藏夺过对手的长枪，几下就放倒了排在最前列的两三人。

"用箭射他们！"不用铁炮，是因为藤堂家不想在夜间的京都引起骚动吧。

弓组得令上前。但屋顶上佐助的半弓却比他们更快。接连不断的箭雨从天而降，追兵们相继倒地。负责指挥的人终于按捺不住，下达了"用铁炮"的命令。就在同时，矢之根门的脚下绽出闪光，"轰"的一声炸出股股白烟，门扉转眼就被淹没在浓烟之中。

才藏与佐助从建仁寺脱身后，沿着大和大路向南一路狂奔，然后往东拐入了东山，又依山北上回到了鹰之峰的云龙院。这时已是日上三竿了。

隐岐殿迎了出来："才藏大人，实在是太感谢您了。"

"我所做的那点事，还不值得让你感恩戴德。"

"为什么要这样说？"

"能把你救出来，全亏了佐助手上的那些竹流金，要谢就谢金钱吧。"

"可是……"

"我要睡了。"说完他又如往常那般，就地躺了下去，没多久便听到他熟睡后绵长的气息声。

注释：

【1】坪：日本古时面积单位。1坪≈3.3m²。

【2】天文年间：1532—1555年。

【3】霜月：日本对11月的别称。文中指的是旧历11月。

淀之河风

几天后的一个傍晚,京都粟田口到伏见的道路,在往来如织的兵马踩踏下显得格外喧嚣。原来将军秀忠所率领的关东本队到了。这一天是庆长十九年(1614)十一月十日,入夜后,路上降下了浓雾。

秀忠当夜宿在伏见城中,第二天一大早就去二条城觐见了家康,呈递到阵报告后,又一起商讨了对大坂城的作战方略。

至此,抵达的关东军队人数已十万有余。京都的居民们一想到大战将至,一个个都乌青着嘴唇眼神呆滞地目送军队通过。

十一日正午刚过,才藏骑马从京都出发路过伏见,途中就被关东的兵士拦下来审查了好几次。当然,他每次都是用"肥后国阿苏大宫司家臣斋藤缝殿"的名义瞒混过关的。为此,他还专门伪造了通行用的文书。

要是被问到:"为何事出行?"

他就回答:"于香取鹿岛神宫参拜后,顺道游历东国,目前正在返回九州的路上。这人……"指着佐助说,"是我身边的若党长次。至于那边的……"刻意用下巴朝着一身风尘仆仆旅行装束横坐在马上的隐岐殿努了努,"是内子。"

伏见到大坂有九里路。才藏一行人沿着淀川的堤防一路下到枚方之宿一带时,太阳已经没入了山中。

"隐岐殿,这附近的旅店想来客满了。村民家里也该防备着有人趁火打劫,不会随便收留过客的。今天就在野外夜宿吧。"

"如果到大坂京桥只剩五里路的话,明天一早就能赶到吧?还是彻夜赶路为好。如今京都的任务已经结束,我们应当立即返回大坂,一刻也不能耽搁。"

"你就这么想回去?"

一旦回了城,等着他们的就是兵火连天的日子。每天只要睡下,就不知能不能见到第二天的太阳。然而隐岐殿似乎真的已经完全放弃了自己今后的命运。

"那毕竟是我出生长大的城啊。况且除了那儿,哪里还有我能够回去的地方呢。"隐岐殿侧对着才藏,白皙的脸上露出一个微笑。那是一种属于这个女人的带着坚定的表情。"还是说,才藏大人会把我从这里带走,一起逃到遥远不知名的地方去呢?"

才藏嘿嘿笑了笑:"喂喂,佐助还在旁边听着呢。"

隐岐殿看了一眼佐助。见他正牵着自己的马，垂着头不紧不慢地走着。那模样看起来倒好像是在边走边打瞌睡了。

"作为隐密，我能做的工作到此为止。接下来的战事，自然就是男人们的事，于我并无相干。只要才藏大人您愿意……"

才藏一言不发。倒是佐助故意轻咳了两声。

黎明前，一行人到达了河内守口的驿站。从这里到大坂城京桥口，就只有两里路了。隐岐殿望着被芦菁田包围的驿站灯火，开口道："到了这儿，就与入城并无差别了。"

正如她所说，站在堤坝上朝下望去，视野之中到处是点燃的篝火，那些应该就是驻屯中的大坂军队了。这一带，基本上可以算是大坂城防卫阵营的最前线吧。

"我先去更衣。"隐岐殿一身尘土，接下来她必须差遣使者入城，等候坐轿出来迎接。

他们进了一家叫十六屋五兵卫方的客栈。才藏泡好了澡回到房间时，纸门外已经亮堂了起来。视线的尽头，是仿佛近在眼前的大坂巨城的天守阁。

"才藏，我们和隐岐殿在这儿就得分开了。大野修理大人会派人来接她的。"

"那我们接下来该如何？"

"我已经派了人去城里报告,过不多久穴山小助应该就会带人来迎接我们吧。"

"我的任务也就到此为止了。"

"你说什么?"佐助诧异道,"说什么完了?战争这才开始啊!"

"那个什么战争的,交给那些枪兵、杂兵什么的不就成了?我可不会。"

"瞧你又说这种话了。真田大人在等着我们回去呢。你就这么不情愿入城?"

"总觉得没那心情。"

"为什么?"佐助的口气有些不耐烦。

"若是成了真田大人的家臣,也就那么回事儿了。而继续在青天下做一介浪人的话,反倒是没了要为天下而折腰的必要。"说着,才藏的目光突然转向路上,镇静如他竟也在那一瞬间变了脸色。

"怎么了?"佐助顺着他的视线瞅了瞅,"噢——那个女香客不是……"

"你也看出来了吧。佐助,放她一马吧,别惊动其他人。"

女香客斗笠下的那张脸,正是自草津就销声匿迹的阿国。那个以隐岐殿侍女身份隐藏自己的关东女间谍。

"岂有放过她的道理？既然知道她是敌方的间谍，管他三七二十一，杀了再说！"

似乎并未觉察自己已被发现，阿国不经意地支起斗笠。这下她才惊觉到才藏的视线。

阿国露出一个（啊！）的惊讶表情。出乎预料的是，那神情之中竟无半分恐惧，反倒是充满了喜悦。

看到阿国那样的表情，才藏提刀站起了身。为什么会像被吸了魂儿一样做出如此举动，才藏自己也说不清。

"你又怎地？"佐助也惊讶地望着才藏。

才藏困惑地回头，沉默了好一会儿，终于开口道："我出去。"

"你要去哪儿？再过不久城里的穴山小助就会来接我们了，可不能放着你四处乱跑。就在这儿老实地等着吧。"

"佐助，那是我的女人呀。"

"是你的女人？"佐助脸上复杂的神情转瞬即逝，下一刻他抓紧了才藏裤的下摆，"算我求你，留下来。若是小助到了却发现你不在，我的颜面何存！"

"放开！"

"不放！"佐助比谁都了解自己这位随性的同伴。他担心要是这时候放了手，让他走出旅店，就再也寻不到这个人了。

"才藏，你一定是害怕战争，想跑了吧？"

"我是不是个胆小怕事的人，你最清楚不过了。我会再去大坂城找你的。帮我替佐大人（真田幸村）传达一声！"

"说什么？说你追着女人跑掉了？"

"随你怎么说。"才藏戴上深编笠走出了旅店。店的后门，就是淀川的堤坝。阿国蹲在堤脚下等着才藏，一脸笃定了才藏会出来找她的表情。

"我说……"她走上前来，"走走吧。"

两人上了堤坝。脚步十分自然地向大坂方向迈了出去。

"你怎么一副香客打扮在这附近游荡？还在替关东做隐密？"

"怎么会。那种危险的工作，自草津之宿一别以来，就再也不曾参与过了。"

"你在撒谎。隐秘组织这种东西，岂能是你想来就来想走就走的。"

"我是逃出来的。"

"哦？从你同伴那里？"

"对。"

"不过这样一来，你还是一身旅行的装扮，未免有些不太合乎情理呀。"

"您还不明白么？"阿国眺望着淀川上穿梭着的船帆，小声说道，"您让我找得好苦啊。自从那次分开后，阿国我才意识到原来自己对才藏大人的爱恋竟是如此的强烈。所以……"

"打住。"才藏的语气十分坚决，"男女情事什么的无聊得很。"

话是这么说，然而编笠下才藏的脸，却已经涨得通红了。如此表情，在这个男人身上并不多见。

才藏上一次到大坂，还是在夏天的时候。然而短短几个月，大坂的模样就变得让人有些认不出来了。简单地说，如今的它成了这个国家最大的武装都市。

"真是让人瞠目啊。"才藏随意地在市内闲逛，阿国紧紧跟在他身后。

防卫工事规模之大，甚至让人感觉有些不合常理。大坂东北淀川的鸭野，从今福到片原町之间筑起的堤坝，宛如城堡，其间各处高橹耸立。这样的场景，让人不禁联想到唐土的那座万里长城。河川之中，也到处是横七竖八的乱桩，断了敌军乘船从水路攻来的可能性。

另外，在玉造至猫间川之间新掘出了二町之宽的护渠，其上筑起了垒壁。以南，生玉到玉造一路上，延绵不断的全是足有一丈高的石垒，壁垒之上每隔十间还设有橹、堞口[1]，各自备有十挺铁炮。

不只如此，木津川尻、博劳之渊、阿波座、土佐座、河原町、福岛上紧急筑起了防卫堡垒，远至野田、海老江、中之岛、传法、九条都设置了屯驻营，而传法的河口还停靠着五十挺船橹的日本最大战舰安宅丸，以迎击海路上攻入的敌军。

（这阵仗可不得了呀。）才藏也有些惊讶。

守军十万。充斥在市街之中。

阿国亦轻叹道："才藏大人。我身为女子，许多事也看不透彻。您说大坂与关东这一战，到底获胜的会是哪一方？"

"看这情形，也不能说关东就一定稳操胜券了。倒是一场胜负难分的好戏。"

两人定下的旅店在本町桥以西两町前后的一个叫大和屋平右卫门的地方。店内拥挤非凡，才藏与阿国无奈也只能住进了十叠大的六人拼间里。

同室的人大多都是西国各处的商人。大坂城庞大的物资需求，让他们察觉到了商机。

才藏正准备睡下，楼下突然传来一阵喧闹。接着，一个带着四五名足轻的武士在老板的带领下，哗啦一声拉开了才藏所在房间的门。

"阿苏大宫司家家臣斋藤缝殿在不在！"

"……"才藏瞪了武士一眼。

按照城下的规矩，旅店必须将旅客的姓名贴示在外。因此他人知道自己的姓名也是理所当然，只不过这讯问的方式，着实是太过粗暴了。

"我就是缝殿。"

"我们要审问你！给我上！"话音一落，足轻们就冲进来抓住了才藏的手臂。武士则抽出自己腰间的大刀，将刀尖径直指向了才藏的咽喉。

才藏被捕绳捆起来时，问了一句："凭什么绑我？"

"理由嘛，到了驻屯所你就知道了。老老实实地让他们绑上就是。"

京桥口驻屯所背后是一处狭窄的临时白洲[2]。武士一行人将才藏强行带离旅店大和屋。他们用一种叫"士行总角"的绑法缚住才藏，把他按在了白洲之上。

罪人的捆绑法，也是分身份的。大将级别的人所用的"将真总角"，是不用把手别到身后的。身份较低的士卒采用"轻卒草总角"，浪人是"本阳十文字"，而女子采用的是一种将绳子穿过两乳下方的打结法，叫做"女五方"。除此之外，包括其他诸如一般居民、出家人、山伏等等方法在内，总共有十八种不同绑法。

从绳扣的样式上来看，才藏应该是被归作了武士。不过打从一开始，才藏就没有要反抗的意思。在他心里，只有一个想法——事情越来越有趣了……也是个无事不欢的人。

大坂城京桥口的指挥官是个叫藤野半弥的武士，其手下有三千兵士。从秀吉近习被提拔到如今地位的这个男人，看起来也并不像是有大将气度的模样。

"不胜惶恐。"才藏轻轻地垂下了头，"竟能承蒙大将亲自问讯。只是在下尚不知所犯罪状，还望告知。"

"你自称阿苏大宫司家家臣斋藤缝殿，根本就是一派胡言。"

"在下冤枉啊。"

"毋需辩解。"藤野半弥轻笑道，"肥后斋藤缝殿大人的至交，如今就在城内。"

这一下，才藏算是清楚自己的嫌疑了。应该是那个真肥后斋藤缝殿的友人在城中逗留之时，恰巧看到了旅店大和屋门口贴出的名簿，发现蹊跷报了官。

"这之间必有误会。在下的的确确就是斋藤缝殿。"

"住口！据说斋藤缝殿本人早在两年前就因染上劳咳[3]逝世了！"

"哦？"这一下，连才藏也感到了意外，"不过，您也看到了。在下现在还好好地活着呀。"

"好大的胆子。我看你其实是关东的间谍吧。最好老实交代,不然有你好受的。"

(看来大坂这一战是没胜算了。)才藏看似目不斜视地盯着对方,心里却想着其他的事。面前这个尖声尖气的中年男人,怎么看都不像是有驱使三千兵士与关东那些身经百战的大名相抗衡的能耐。如果没猜错,他能够发家升官,靠的恐怕是淀殿或大野治长的权势。意识到这一点,才藏顿时失了与其周旋的兴致。

"随你们的便。"

接下来的一幕,让在场的人纷纷错愕失语。

只见原本紧紧缚住身体的绳索,竟轻飘飘地滑落,才藏也缓缓地站了起来。这并非什么奇术,只要才藏将自己上半身的各个关节一一移位,使捆绑出现松动,挣脱如此的束缚,简直就是小菜一碟。

"你,你是忍者!"藤野半弥虽然声音中夹杂着颤抖,但也并没有忘记朝左右的人递眼色。

"给我射!"走廊边待机的五名铁炮足轻已经点燃了火绳,迅速地将枪口瞄准才藏的心脏。

"竟然用铁炮来制我,真是够谨慎的呀。"

白洲上的人谁都没有搭话,只是屏息凝神地注视着才藏。

"哎哟哟，我怕了。"嘴上这么说，才藏的注意力却集中到那五挺铁炮的枪口上。他在琢磨射击的顺序。

（是从哪挺铁炮开始？）若是五挺齐发，反倒简单。枪口瞄准的都是才藏的心脏，只要他在足轻们扣动扳机的瞬间让开，那所有的子弹全都会射偏。

可要是分为两次、三次发射的话，就算一开始能躲开，也必定会被接踵而至的其他子弹给打中。

（要是这样就麻烦了。）因此，才藏要做的，就是对五个足轻施展幻戏，操控他们的心智，让其只能进行齐射。

"这儿！"才藏审视着足轻们的表情，指了指自己的胸口，"看准了射。在你们射击之前，就让我将稻富流的炮术传授于你们吧。也算是临行前的赠礼了。我说第二个异风啊……"

"异风"在这个时代指的是铁炮的射击手，弓箭手则是被称为"射手"。

"你的左手抬太高了。这样子弹会歪到天上去。第三个异风，你的右眼完全就没准神了，都是让闭着的左眼用力过度给带的……"

在说话之时，才藏也必须随时观察他们的呼吸节奏。只要有人露出即将发射的表情，"第五个！"才藏就会间不容发地出声阻止，"火绳都快灭了。第四个和第三个，左边手肘有松懈。"

才藏站在原地并无动作，只是眼睛始终都直直地注视着那几个足轻。他必须同时把握五个人的呼吸节奏，直到将他们的呼吸节奏都带到同一个频率上，容不得一丝松懈。若是让他们各自回到本身的节奏，按照自主的判断扣动了扳机……那么才藏就只有一命呜呼了。

（就是现在！）才藏找准时机。瞬间解开了足轻身上的幻术咒缚。与此同时，他用短促的气合声喝道——"开火！"

五个足轻就像被才藏的声音牵引一般，同时扣动了扳机。五个黑洞洞的枪口同时轰然喷出火舌。浓烟迸出，一瞬间又散布开来。当足轻们站起身来再看时，原地哪里还有才藏的影子？

"怪事！"当他们发现才藏跳到了背后的墙上时，京桥口的大将藤野一脸恐惧地跑到了白洲上，莫名其妙大叫起来："射手！射手！"看来是在叫弓组的足轻。

对才藏而言，这一段空白就是最安全的"时间"。铁炮在使用一次之后，需要进行一番准备才能再次发射。

这时候，一个身高异于旁人的武士冲到了藤野半弥身前。他未着具足，身着柿色的无袖羽织及皮袴，肩缠白色袖带。总发披肩，眼角大开。两边眼白带着些许黄色，一看就不是个简单人物。

"藤野大人。"他以半弥的姓来称呼,看来此人并非藤野半弥的家臣。多半是以门客身份暂住在京桥口阵屋的浪人吧。

"此人着实古怪!就由在下来处置吧。"

藤野半弥也不知是不是被吓得出不了声了,只是飞快地点了两三下头。武士突然目光一转,向身边的半弥家臣说:"那道墙的另一面,应该是水渠吧。"

"正,正是。"

"如此,你们立刻绕至外面将他包围起来。那家伙,说不定会跳水渠逃走。弓和铁炮都各自做好随时可以发射的准备。"

下令完毕后,武士这才头一次看向了围墙上的才藏,并向前走近两步。迈脚的同时,他抽出了胁差握在左手上。

这人,不简单。

才藏没有动。因为他只要一动,武士左手上的胁差,就会以比飞箭更快的速度插向他的胸口。

……何方神圣。才藏这一辈子还没遇见过拥有如此气魄的人。他感到自己的背脊冒出了冷汗。

(据说大坂丰臣家从诸国召集入城的浪人,没有七万也有五万。其中不乏关原后声名大噪的浪人。那这个人,到底是谁?)

虽然知道他是兵法者。但却又并非只是兵法者那么简单。

武士又逼近三步。围墙上的才藏为了引诱武士上钩,突然卸掉了周身的杀气,有意地露出了一脸轻松的表情。

然而武士却并不吃他这一套。只见他上身保持不动,脚下却拨弄着尘土,踏出了最后半步。然后他就立于原地,不紧不慢地抬头看向墙上的才藏。那站姿乍一看竟带着一些木讷。

"敢问大名?"围墙上的才藏平静地问道。

"新免宫本武藏。"武士回答。

他年纪看来三十二三。美作国赞甘乡宫本村的乡士中,出过一个有名的兵法者。他曾经单枪匹马将京都兵法名门吉冈一族一门数人悉数斩杀。这些,才藏也是有所耳闻的。

那兵法者十七岁时,跟着西军宇喜多秀家的家臣新免伊贺守出战关原,之后流浪诸国,自行修得了剑术。如今他也进了大坂城,大概是因为有过从属西军的经历吧。

"你叫什么?"

"我就是个忍者。不过旁人都称我做雾隐才藏。"

"雾隐?"武藏看来没有听说过。起风了。这日的天空,晴朗得不像冬天该有的。武藏貌似不经意地站着，半眯着他那硕大的眼睛，微微地歪着头。那模样看起来倒像是个正在斟酌诗句的风雅之士。这是他与人交手时的一个习惯。

（这人惹不起。）才藏警惕地将视线从武藏的眼神移开。因为那双眼拥有仿佛能将人吸入的野性之力。就如蛇能用眼神让青蛙放弃抵抗那样。

才藏保持着淡淡的微笑。他并未正视武藏，只是一直盯着他的影子。午后的阳光，从栏舍外照入，在大地上雕刻出了兵法者那黑而短的影子轮廓。

影子所映出的武藏，露出了与本人截然不同的鬼相。那亦是浑身的精气神渗入地面的一种表现。

"我说，雾隐……"武藏沉重地开口，发出低沉的声音，"你打算在墙上待到什么时候？"

"咳，"才藏嘴唇不动，只是静静地朝着武藏的影子腹语般地说道，"又碍着你什么事儿了？"

"倒不如说是对你无益。我想你也察觉了，我们的人已经绕到你背后的水渠附近。我身后的铁炮差不多也要做好第二发的准备了。你再继续站在上面，不就跟寒冬中被枪炮瞄准的困鸟无异了么。"

"你真是新免宫本武藏？"

"当然。"

"没想到武藏大人这般的兵法者,为了收拾我却也得借助铁炮之力,真是让人意外呀。"

"并没什么可意外的。"武藏的声音越来越低,"兵法本就是打倒敌人之法。至于是用刀还是用弓箭,在某些时候和情形下,必然需要不择手段。不过现在,我的兵法就是让你一动不动地站在墙上。"

"……"正如他所说。只要才藏一动,那么数间之外武藏手左手的小刀,就会刺入才藏的胸口。

"将你钉在原地,才能由铁炮射击。归根究底,打倒你的还是我的兵法。兵法可不只是挥刀斩杀。而是利用天地间一切可利用之动向,临机应变。你可以这么想。现在我身后点燃火绳的铁炮并非一般的铁炮,它们亦是我手中之太刀。"

"……"其实才藏也发现铁炮足轻做出了举枪射击的姿势。当他看到其中一人闭上了左眼准备发射时,才藏做出了反射性的举动。只见他蹬离了围墙,高高地朝着空中跳了起来。

与此同时,武藏左手的小刀脱手而出。像是有生命一般直直地飞向了空中的才藏。才藏见势拔出刀,只听得"锵"的一声,小刀划着白光落下。而紧接着,像是追着白光一样,才藏的身体慢了一步落回到地上,又立即跳起,向后退去。因为武藏高挑的身躯已经朝着才藏冲了过来。

武藏又将自己和才藏之间的距离追到了三间之内。然后突然停住脚步，将手中太刀一翻，摆出了八双的架势。

而才藏在落地的瞬间，刀依旧在鞘中，并未拔出。也不知是个什么招数，只见他双手耷拉在身前站在那里，看来并没有再跑的意思。不过他的身后就是木门，原本也无路可退。

（这人为何不拔刀？）武藏的眼里写满了疑虑。

但才藏立刻回应了他："来杀我呀。"他刻意地露出破绽，像是在诱敌。

武藏并没有上钩。在他脑中，正进行着属于兵法者的精密计算。

按照他的计算，距离是足够的。因此武藏判断"能得手"。判断的方式是"见切"，这是武藏独创的一门技术。将与对手之间的距离，对手的能耐及自身能力进行"背比"（武藏自造语），并将对手的小动作、位置和心理进行彻底计算后得出结论的一种境界。

只要见切完毕，对于武藏而言，即使太刀还未落下，自己也是必胜无疑了。

但这一次，武藏没有动。眼前的这个人，是他在兵法上无法计算的对手。因为他连刀也没有拔出。武藏提高了警惕。毕竟对方是伊贺忍者，说不定还藏着一些不为人知的秘术。

"咔!"武藏将剑尖指向空中,发出了奇特的气合声。这种做法,在任何流派里都是存在的……在无法看清对手心境之时,只要强势挑衅,敌人就有可能做出不经意的举动。这在武藏的流派中,被称作"动影"。

然而这一次,他却扑了个空。

才藏一动不动。倒像是一个悠然而立,没有生命的物体一般。实际上这个时候,才藏自身已经进入了伊贺流所谓的"虚"中。所谓"虚",即是将精神从五体中抽离之术。因此此刻武藏面前的,不过是一具没有心神的躯壳。才藏自身也会因为使用了这种术法,而不会留下这之后与武藏对峙的记忆。

武藏在三十岁前经历过大大小小六十多场比试,但这样的对手,却是头一遭。

(木头?)这么一想,看着就像了。若觉得才藏是石头,倒也会觉得真就是那么回事儿。

这样的情形之下,才藏也无法对武藏出手。因为如今的他不过只是个"虚像",与草木石头无异。

武藏看着眼前这不明底细的虚像,却也无从下手,只是无意义地高举着刀,用右脚的拇趾碾着泥土。

这时,武藏身后响起了喧嚣声。接着,似乎有几个人跳入了白洲之中。"两位!"打头的那一个出声道,"收起刀来。你们彼此都不能伤了对方啊。那位雾隐才藏,亦与右大臣家颇有因缘。"

"你是何人?"武藏保持着姿势,问向身后之人。

"老夫么?"声音之中自然透着威严,"真田左卫门佐。"

这日幸村正巧有事来拜访京桥口的守将藤野半弥,没想到却目睹了这场骚乱。他对才藏及武藏两人说:"你们都放下戒备,咱们先过去坐下,再作详谈。"之后幸村就带着两人去了别室,还向藤野借了个小姓,为两人备上酒肴。

岂料武藏却不容分说地将酒杯扣在餐桌上:"在下并不饮酒。"

"那就用些点心吧。"幸村又让小姓送来了点心。

这时候的武藏,也才三十出头,名号还不似他晚年那样为世间尽知。那日席间,他亦是寡言少语,自始至终也没说上几句话。

才藏也不吭声。言多必失,两人都害怕若是说了什么不该说的,会招来不好的结果。毕竟就在方才,彼此还是生死相搏的敌手。

幸村不愧为长者,察知两人异样的气氛,尽量用温和的措辞来拉近席间的距离。

"这位武藏，老夫并不精于刀术，不过有一点我不太明白。你将才藏逼到木门处时，为何没有再出手？"

武藏闷闷地抬了抬眼："为什么这样问？"

"至少在老夫看来，当时才藏浑身都是破绽。倘在那时动手，才藏必定没命。我说的没错吧？"

……武藏沉下脸来忿忿不语。

的确，当时的才藏因为用了"虚"之术，已与木石无异。就算幼儿也能取他性命。再说了，他的双手垂在身前，连刀也没有拔出来。

"我说才藏……"幸村把话茬转开。

才藏苦笑道："咳。宫本大人应该是没法下手吧。"

"……此话怎讲？"武藏皱眉，"你这是看不起在下？"

"并非如此。实际上那时候，恐怕一名孩童就能置我于死地。"

"孩童？"

"在你这样浑身都被兵法武装起来的人眼中，我当时的行动应当是毫无意义且违背常理的。因此破掉你兵法的人恰恰就是你自己，也多亏如此，如今我才能安然无恙地坐在这里。方才你看到的，是虚像。"

"哦？此话当真？你能否在这儿再把那个虚像展示一次？"

"这又是为何？"

"在下自年轻时起，至今已经历了六十余次生死较量，但你这样的对手，我还是第一次遇上。我想探明其中就里。"

"恐怕我办不到。那种术法不是想用就能施展得出来的。危急关头，心自然归于空寂，最终达到无我无心，五体皆成皮囊空壳，仅此而已。因此就算你叫我再来一次，我现在的心境也万万做不到呀。"

"今天算是见识到奇术了。"武藏像是有些畏惧才藏一般，立马向幸村告退离开了。

"喏……"幸村又看向才藏，饶有深意地笑道，"这回你可跑不掉了。来我的阵所吧，佐助、小助还有晴海入道还都在等着你呢。"

注释：

【1】堞口：城上如齿状的矮墙。

【2】白洲：江户时代作为奉行所诉讼机关法庭的场所。

【3】劳咳：肺结核。

冬之阵

庆长十九年十一月十六日，家康离开奈良宿阵。翌日，宿于法隆寺。

另一方面，二代将军秀忠从河内枚方出发，行至生驹山麓的枚冈明神，焚起大片篝火就地宿营。

十七日，家康队伍再向前挺进，翻越大和·河内边境的关屋岭进入河内，当日就停留在了摄津住吉的住吉明神社家津守家。

同一日晨，秀忠离开枚冈明神。傍晚时分抵达摄津平野乡，派遣土井利胜为联络将校，连夜赶赴住吉明神以获取家康的指示。

家康心情大好，摊开图纸，咚地指向地图上的一点："肿包就在这儿吧？"他所指的部分是天王寺的茶臼山。那里原本是摄津古代豪族为修陵墓而形成的人工山冈，如今还残留着一些水渠。战国初期，细川胜元的部队曾在此筑城。

"就把咱们的本阵安置在这儿吧。明日拂晓就与大树大人（秀忠）于此会合。到时候就由我巡视诸军，明白了？"

……当日，茶臼山上由两层铁制盾牌围出了一处军议场所。山脚下有藤堂高虎手下的兵士持三十挺铁炮警戒待命，剩下的数万兵士将周边团团包围。

家康身着常服。在儿子秀忠的陪伴下走在山路之上，突然，他朝着北方望了望："从这儿看得见啊。飞得可真精神呐。"

"哦？"

"你也看到了吧？"

"您指的是城么？"秀忠是个像从画里走出来一般的翩翩君子。他歪着头抿嘴一笑回答道。

"城怎么可能飞得起来？我是说鹰。"家康看来也被秀忠的一本正经给逗乐了，他指着城的方向，"刚才我放了鹰出去。现在正在那边飞呢。"

"儿子愚钝。"

两人走进铁盾之中，家康单膝立起，坐在了熊皮制成的地毯上。

"说起那座城啊……"家康用教孩子一样的口吻对秀忠说，"不是那么简单就能攻克的。毕竟是已故太阁倾尽国力铸筑而成，举国上下无能出其右者，就是唐土或南蛮也无如此巨城。若要硬碰硬，即使能攻下外郭，估计就得耗费五万兵力。要是不走运没有成功，在我们为失败而不知所措之时,好不易靠这双手得到的天下……"家康说着伸出右手,"就会再次从手中逃走。世上的人都睁大了眼睛在等着,等着看我如何进攻。一旦失手,德川家的气运便会大损。那些曾受过丰臣家恩顾的大名们,就会觉得我的实力不过如此,相继倒戈至大坂方,举兵反扑德川家。明白了吗?"

家康喝了一口近习端上来的热水,接着说:"这一次,咱们采取持久战。在那座城的周围尽可能多地建起对城,阻断其与外界的交通。至于你,带着军队回伏见去吧。"

"啊?可军队这才刚刚抵达呀。"

"足够了。关东军容的威武,想必已经切实地在市井之民及城中百姓的心中留下了深刻的印象。至于我嘛……"

"您有何安排?"

"就先在这附近鹰猎一番再回骏府去吧。"

"哎?"

"余下的,我心中自有打算。"

大坂城以南是一处小山岗。山麓下有个小桥村,零零落落地分布着一些茅草屋。村里只有一条街道穿过,一直通向城中的平野口门。

这座山冈位于外护渠的外围。竹林茂密,赤土遍布,登上山冈眺望南北,风景与城西的大坂市内大相径庭,视野之内，只有冬日萧瑟的原野绵延起伏。

真田幸村的据点真田丸就在这山岗之上。虽说是赶造的城塞，但也拥有三层高橹、左右走橹[1]及护渠，一个个箭眼之间都可见铁炮黑洞洞的枪口。整个规模绝不亚于一座乡下的小城池。

才藏被带到了真田丸。从其突出的位置来看，恐怕是为了将关东的军队引至此处，再由幸村独自为大坂方担起苦战重责。

"说起来，真田丸在修建之时，还发生过一件挺有意思的事。"负责将来龙去脉告诉才藏的，自然是穴山小助。

幸村在进入大坂城的同时，对城内外的地形进行了勘察，然后将自己的计策献给大野修理。

"不愧是已故太阁殿下亲自设计的不落名城，但这座城却存在着一处软肋。"他指向地图上的小桥村，"据我的推测，敌人恐怕会集中从这个街道进攻。但这一处的防卫，却只有平野口。如果可能的话，希望能在城外建起一座出丸[2]，交由在下来打理。"

大野修理当时就露出了复杂的表情，并未立即应答，却在之后叫来了浪人组七将之一的后藤又兵卫基次，询问他对幸村提案的看法。又兵卫露出一个所见略同的微笑，回应他："在下不得不佩服左卫门佐大人的深谋远策啊。不必怀疑，此乃绝妙之策。"

"不过……"修理的脸上闪过一丝阴霾，眼神飘忽不定，似有些闪烁其词。当然，他的心思，又兵卫都看在眼里。

"您会疑虑也是理所当然。毕竟左卫门佐大人的兄长——信州上田六万三千石的真田伊豆守信之（信幸）大人，不仅一早就投靠了德川家，还参与了这一次的大坂攻势。修理大人您是怀疑左卫门佐大人想利用城外修筑的出丸，与关东里应外合吧。"

"不，还不至如此。"修理虽然嘴上否认，但他心中的确就是那么想的。事实上又兵卫对于大权掌握在一个如此无能的人手中颇有微词。有一次修理与其手下一名叫做渡边纠（摄津御灵神社神官）的部将发生口角，双方甚至闹到要拔刀相向的地步。在众人的劝阻下，好不容易才将两人拉开。据说在那之后，又兵卫曾大声感叹过："真可惜。"

"那两个家伙，怎么就没死呢。"

"修理大人。"又兵卫毫不掩饰怒颜，用手中的扇子敲打榻榻米道，"您的猜疑只会将城引至毁灭。左卫门佐大人的人品、大志，只要是用心看在眼里的人，都应该明白他倾尽毕生之力，为的就是让自己名留后世。难道身为右大臣家总指挥的您，却看不出来吗？"

"不不不，这不过是你我之间的玩笑话罢了。莫要让旁人听了去。"

真田丸就是在如此情况下得以诞生的。突出于敌前的特殊位置，是幸村精神的象征，是耸立于苍天之下的信念之城。才藏相当钟爱这个出丸，看着它，总有一种是在看着幸村本人的感觉。

家康壮年时期曾被誉为海道首屈一指的武士，但也并非全能。据说他精于野战而不擅攻城。不过他在大坂攻城战上却进行了十分透彻的研究，学习攻城名人秀吉的方法扬长避短。也就是说，家康用来对付秀赖这个遗孤的战术，偏偏就出自其亡父。

在秀吉的战术中，攻城不以力取，而是对城制造出"荆棘"之环般的包围圈，采用持久战来消耗目标城池的补给与斗志。因此家康的攻城战，可以说是从土木工程开始的。他下令紧急建起的对城分别在天王寺、茶臼山、今宫村、木津川尻、传法口、大和路筋、金福村各有一座，守口与天满之间三座，加上其他地方的两座，共是十二城。

此外，为了除去流经大坂城北面的天满川这条天然护渠，他还向诸大名下令，于春日井修筑新堤，将淀川之水引入长柄川。

家康定下日子，对各个阵营的工作进行了巡视。虽然他一路上都坐在轿中，并未骑马，但那种轻快的指挥风格，着实不像已年过七十的老人。

守踞在真田丸的幸村得知家康每日进行前线巡视，也拍着大腿感叹："老头子，好习惯嘛。"在幸村看来，己方真正的阻碍只有家康，扳倒他就与得胜无异。只要家康一死，一大批失去依附德川方理由的东军外样大名们，应当就会再次顺应其旧主秀赖。

幸村立即唤来佐助与才藏："近段时间，你们斥候方面的工作，就只针对随时调查和掌握家康动向即可。"

斥候，指的是战场上的谍报，或是间谍本身。幸村的战术与其他部将的不同之处，就在于他重视战场谍报这一点。正因为如此，他才会不惜动用高价笼络佐助与才藏等人。

真田丸中共有五十名甲贺忍者。甲贺组交由佐助全权支配，而才藏则是物头格，相当于佐助的辅佐。

当然，那五十名斥候只有在夜间才会回到城内，他们白天的身份也许是农夫，也许是河边的渔夫。而真田丸也因为有他们的频繁出入与活跃，又被称作间忍丸。

两人退下后，才藏提出："佐助，我去吧。"这是在十一月二十七日的傍晚时分。

"哪里用得着你亲自上阵，我们人手多的是。"

"不行!"

才藏趁着夜色出了城门。那日月黑云低,苍穹也无星星闪烁。他换了一身黑衣、黑布覆面的忍者装束。

(与家康老儿自海道以来倒挺有缘的。)

顺着平野街道向南走上一段,面朝北就能看见东军黑压压的阵地,以及成片的篝火。

才藏从井伊直孝和松平忠直两阵营的节点处穿过,抵达茶臼山时还未到夜半,不过已能察觉到军队行动的迹象了。

(应该是在为家康例行巡视做准备吧。)

不久后,一挺坐轿在五十名骑马武者、三百枪卒的簇拥中往山下走去。队伍向西挺近,那个方位上有今宫村与木津村。

才藏躺在路边的灌木丛中,面向漆黑的夜空闭上眼睛,将注意力全部集中到听觉之上,以此来分辨远近各种各样的人声。

这期间不乏有人从他身旁走过。觉得有可能被草鞋踩到,才藏就会不动声色地挪开身体,好几次他都将被踩的危机这样化解掉。谁让他躺在军队前进的路上呢。

突然他隐隐约约听到一个略带慌张的声音。

——船真的不够?

……怎么可能。木津川尻渔家众多。再说了,那一带是浅野大人的阵营,他手中掌握着不少船只。若是真不够,向他借一些便是。

……不过福岛村沿岸,不是有不少九鬼水军的船么。为何不动用他们的船?

……说什么蠢话。咱们又不是真的去打水战。不过就是巡视,当然是机动性越高越好嘛。

(原来家康不取陆路,是打算从水路去巡视各个阵营啊。目的地看来就该是福岛村了。)

才藏起身,向东出了平野川的堤坝,像一阵风似的往北奔去。夜半时分,他回到真田丸,将所得情报上报后,幸村面露喜色:"如此一来,家康的队伍应该是从狗子岛和苇岛之间通过,由九天村沿岸西行,到达下福岛村后,再继续前进,从中之岛一带出天满川了。"

"想必是这样。"

"才藏也是这么想的吧。"心情大好的幸村唤来小助,"立刻准备出城。给我选上五十名铁炮好手、二十个精于刀枪之人。才藏……"

才藏并未回应,只是抬起头望着幸村。

"偶尔也打上一仗试试如何?现在出发的话,天亮之前就能抵达下福岛村。让咱们的人先埋伏在芦苇之中。说不定这一次，真的就能端掉大御所的人头哦。"

"愿随同行。"

没过多久，七十余人组成的别动队全员骑着马走出了真田丸的城门。

寒风夹杂着雨水，他们握着缰绳的手被冻得生痛。

到了天神桥，幸村命令一行人下马。将马匹交予在桥南一带布阵的西军毛利胜永，稍作休整后，再换乘船只继续沿天满川往下游前进。最后在博劳之渊以南的苇岛登陆。

苇岛说是一座岛屿，其实不过就是河口的一个三角洲（现在的元松岛游郭附近）。那一带芦苇茂密，只要猫着腰，就算是七十个大男人躲在里面也是绰绰有余。

距离天明还有半刻时分。四周还笼罩在黑暗之中。夹着冰碴的寒风冰冻着士兵们的具足。他们只得互相抱在一起取暖。

幸村打开酒樽，将酒水分予众人。天亮之前他又拿出年糕，让一行人充饥。又过了片刻，眼看时间差不多了，铁炮手们备好火绳，并在手指上抹了油。这是才藏提出来的方法，以避免手指被冻僵而无法顺利扣动扳机。

"才藏，你说大御所究竟会不会来？"幸村盯着漆黑的水面，似问非问。

"那就要看大御所的运气了。要是真有老天佑他,他兴许就不会出现在这里。"

这时候的家康,其实正打算从木津村河岸上船。谁想后方却突然传来骚动之声,接着一骑快马拨开家康的队伍奔驰而来。马上的骑士大声呼喊着"且慢!"

坐轿中的家康见状问向来人:"这不是孙十郎么?"

"正是在下。"原来是秀忠的部将榊原远江守康胜。此番他是奉了秀忠之命来阻止家康巡视的。

"夜寒露重,万一让您贵体抱恙可如何是好。大树大人有交代,让在下代替您去巡视。"

"无须多虑。"家康不以为然。就算让秀忠进行巡视,对于外样大名们的刺激远远没有家康亲自上阵大。再说计划既然已经传达下去,福岛方面的东军诸将引颈期盼着自己亲临。若是现在中止,说不定军中就会出现一些类似家康急病的猜疑传言,从而导致士气大落。军阵之中,最忌讳的便是各种流言蜚语。

"我自己去。赶紧出发吧。"

就在这时,家康手下的谋臣本多佐渡守正信带着僧正天海出现在他的面前。

"不得了了!"

听他们这么一说,家康的脸色更加难看了。

"都给我听好了。此类言辞,一律不能在军阵之中出现。若是被士卒听见,岂不动摇军心!"

"如此谨慎,实在事出有因。"天海上前一步道,"小僧方才为此次巡视占卜,两次卜卦,两卦皆是凶相啊。还望您取消此次巡视。"

"不行。"对家康来说,他担心的只有风评传言。这个大半辈子都在战场上度过的老人,比谁都更能理解战争的真意。

"不然……"本多正信走到家康坐轿旁,"今天原本就有京都方面的勒使亲临茶臼山本阵,我们可以向诸位大名宣布勒使提前到达,因此不得不终止巡视。如此一来,众人应该能够理解,也不至于产生不利于我军的流言。"

"如此您意下如何?"

"倒是合情合理。"正信及时的良策,让家康内心也松了一口气。毕竟在如此寒风之中,趁夜赶往福岛村前线视察这样的不理智行为,也并非这老人所期待的。在丰臣家灭亡之前,他还想要好好地顾着自己这把老骨头。

正信见自己的智慧派上用场,毫不掩饰得意之情:"没想到京都那些无用的长袖(公卿)们,有些时候还是能派上用场的嘛。"

"正信！"家康面带责备之色。正信虽作为谋臣十分受家康的重用和青睐，但性格使然，这人若是一步走偏，都可能让妙计成为奸计。加之他生性贫嘴薄舌，区区三河乡下出身的他，竟不把京中的天子或是公卿放在眼里。当然，家康本人也觉得以京都御所为中心聚集着的天子和公卿一族形同摆设。说到底，这样的观念也可以说是德川家的家风了。

"战争之中，你永远都想不到什么东西会在何时派上用场。这一次，京都来的勅使让我得以避开寒夜出行，也不能说他们就再没了其他用处吧。走，回程。"

待家康的坐轿开始往茶臼山的方向行进时，正信一行幕将就前前后后走下岸边，逐个登上了船。

"开船。"正信低声发令。

另一边，潜伏在芦苇丛中的幸村，一边鼓励着冻僵的士兵，一边静静地等待时间流逝。过了一阵子，生驹山南侧天空渐渐亮了起来，博劳之渊的河面上飘起一层水雾。

就在这时——

"是船橹的声音。"才藏轻声告知幸村。

"你听到了？"幸村也竖起了耳朵。一开始只有才藏能听见的船橹声，片刻后就清晰到众人皆能听见的程度。接着，三艘旗帜林立的船影，穿过水雾向岛上靠去。

幸村死死地盯着船上的马印及指物[3]，确认一番后，忽地吐出一口气,叹道:"才藏,大御所不在上面。"

"不仅是马印,在下也未发现有形似大御所之人。"

"撤退。"幸村思索片刻后发出号令。

"那不实在可惜?船上载着的定是关东方面的重臣幕僚。就算大御所走运逃过一劫,至少也给那些人一点颜色瞧瞧吧。"

"倘若我们现在进行无谓的攻击,那么就会腹背受敌。船上和福岛方面都会向我们发起攻势。若上面载着的是大御所,倒可以一拼。而现在船上那些人的生死,自然不值得我幸村用命去换。回吧。"

一行人悄然离去,乘上停靠在苇岛北岸的船,撤退至对岸,如一阵风般又回到了城内。

苇岛枯草之间,只剩下一个才藏独自持枪而立。

才藏是得到幸村应允才留下来的。在他看来,若是全体回城未免太过无趣。哪怕是能发射一发枪弹震震敌方军心,也不失为一件乐事。幸村离开时曾叮嘱他:"你可别不把自己的命当回事儿啊。"

才藏天真一笑,回应道:"伊贺流的忍术,也只有在这些时候才能派上用场了。"

才藏端着铁炮。火绳燃烧后留下的甜焦味在他的鼻尖久久不散。待到敌船进入射程之内二十间处时,他将枪口瞄准了立于船头的身穿猩红色阵羽织的男人。

"呼!"一声枪响后,才藏清楚地看到猩红阵羽织倒下,滚入了船中。他顺手将铁炮往雾气中一扔,发出噗通的水声。几乎同时,他向与声响相反的方向如鬼魅般穿过芦苇逃走。

那边船里一片混乱。有人在大声嚷嚷着:"苇岛上有伏兵!"

正信等幕僚所乘坐的船闻讯立刻往水道中间退避。两艘护卫船中的一艘迅速摇橹向苇岛靠去。船舷一触岸,数十名武者先后跳下船来,手握长枪钻进芦苇丛中开始搜索。

当然,芦苇里是找不到才藏的。

"没人。"

"怪了。"

有人找得不耐烦的时候,视线突然被岛北的一处水面吸引,继而发出"啊"的惊叹声。其他人闻声望去,只见雾气弥漫的水面上,闪过一个白色的人影。

"该不会是妖怪吧?"影子仿佛漂浮一般行走于水面,朝着离岛而去,那情景看来着实诡异。

对才藏来说,这不过是雕虫小技。其实他脚上穿了伊贺流独有的一种叫"水蜘蛛"的浮漂,只要利用腰力不断调整稳住重心,就能随意地在水上划过。至于关东军眼中的"白衣",不过是才藏为了在雾中隐匿身形,用来搭在肩上的白衣罢了。

"射他!"等手持弓箭、铁炮等远程武器的人跑到岸边摆好架势准备射击时,才藏早就跑到了距离他们四十间开外之地。

轰鸣声冲破雾气,弓箭与枪弹伴着各种声响不断落在才藏周围的水面上,却没伤到他分毫。若不用强力火药,要用铁炮射中四十间以外的目标,实在太过勉强。

才藏的脚刚沾到对岸的陆地,只一转身便消失在了一边的芦苇丛里。

大坂冬之阵中,一开始还只是小部队之间的冲突在各地频发。几乎没有什么像样的战斗便进入了十二月的严寒。

家康早早地提出了讲和,他的目的是靠谋略拿下大坂城,所以在正面攻势上采取怀柔政策,并暗中下令麾下诸军收敛行动。

家康心中的算盘,自然逃不过幸村的眼睛。于是他意图对敌军进行挑衅,将两军引至激战之中。

这时盘踞于真田丸正面的敌军有——

前田利常　一万二千人

松仓重政　二百人

榊原康胜　三百人

吉田重治　一千人

寺泽广高　五百人

共计一万四千人。

一日，幸村带着佐助与才藏登上瞭望台，看着真田丸前方的旷野。视野之内黑压压的全是人和马，盾牌整齐，马印、指物林立。

眼前的这个敌阵，与真田丸之间只隔着一个小桥村。

"才藏，你有无办法让敌人自愿打过来？"

"那还不简单。"才藏指着横在敌阵与真田丸之间的小桥山，"只要利用这座小山，再施以甲贺、伊贺的幻术即可。"

"有意思！"拍手赞叹的自然是佐助。只是略一点拨，他立马就明白了才藏的计略。

……庆长十九年十二月四日黎明。后世东军方面各个记录中所载的一场以奇异著称的战事，就发生在这天。

那日东军阵营前的小桥山下，突然出现两三个狐火一般的光团。没多久，那些光团就增加到十个，忽明忽暗地往前移动。

"啊！"最早发现的，是前田阵营最前线的先遣队本多安房队伍中的人，"那是什么？"骚乱之中狐火越变越多，不出片刻，百来个光团密密麻麻地散布着，开始逐渐逼近。

"难不成是篝火？"

"不可能。要是篝火，火光未免太弱。那样子，看着倒像鬼火。"

"怎么可能是鬼火，虽然的确也不像篝火。再说了，那山中也没有真田的军队呀。"

"何事喧闹！"本多安房走出营房。虽因夜色难辨事物，但当他凝神细看，立刻发现那些狐火一般的光团周围，似有指物模样的东西在上下攒动。安房脸色大变，厉声道，"敌军夜袭！"

这下，营里顿时像炸开了锅。

"镇定！要是乱了阵脚，岂不让敌人有机可乘。"安房不愧是善战的老手。这时候他满心盘算的，是如何反击这一次夜袭，为自己增加功绩。为此，他刻意没有将情况上报给自己的主人前田利常，擅自指挥了行动。

本多安房挑选出五十名强兵，吩咐他们用绳子绑好具足的草褶以消去摩擦之声，然后端起长枪，排成枪林，一步一步地向小桥山逼近。

在安房看来，眼前这座山上，除了竹林，连一棵大树也没有，决计不是能藏得住百来人的环境。只要一举围剿上去，应该就能轻松地压制住对方。然而当枪阵靠近目标时，那些指物的幻影却瞬间消失了。

（这是……）不等他细想，那些狐火也同时熄灭。（被作弄了么。）

安房这个人大胆豪迈，面对突发情况他只是表现出愤怒。但他手下的兵士中，有许多是还未适应战场的新丁，见状立马就乱了阵脚。

夜战，总是伴随着或多或少的恐惧。敌人在明处的时候还好，一旦捕捉不到目标所在，连黑暗本身也几乎成了敌人。是从侧腹突袭？或是从背后偷袭自己？疑心生暗鬼，也就是这么回事。

"哇！"就在这时，有人发出了不该发出的声音，"在，在那儿！"那人指着的，是他面前的道祖神[4]。然而他却把它看成了田方武者的影子。与此同时，包括安房在内的所有在场的人，都听到他们周围响起的诡异声音。那是数百名武者同时行进才会发出的具足摩擦声。

"现身了！"安房也被那个声音迷惑，"给我冲啊！"高声发令后，他也顺势朝竹林之中奔去。而那里，根本就没有敌人。

安房队的呼声，让附近的松仓重政及寺泽广高的部队也陷入了骚动。

"快听！前田阵营的人想抢功啦！"一个个都被功名冲昏

了头。只要能拿下一个人头，等着自己的就是家禄大增，福荫子孙。如今这个机会就摆在面前，任谁也不愿放过。

"可不能让加贺那群家伙独占了去！"

"战场就在真田丸前！"

这时，天已经快亮了。各支部队争先恐后地翻过小桥山，朝真田丸涌去。就连原本布阵在西面更远处的井伊、藤堂部队的人也被功名撼动，一群、两群……武者们纷纷加入到奔赴战场的队伍之中。

一开始冲幻影之敌奔去的本多安房部队，与其说是向着敌人挺进，不如说是被后面蜂拥而至的己方推搡着，不得不向前了。这一群人中，根本没人带着可以躲避弹丸的盾牌或竹排。也就是说，他们几乎是赤裸着冲入了真田丸的射程范围之中。

天一亮，身穿忍者装束的才藏与佐助，带着二十个甲贺的人回到了真田丸。

"干得好！"幸村从箭眼里审视着原野上的情形，对他们说道。

"看来对方乖乖上钩了呀。"

"简直就像是被狐迷了心窍一样。"

"会有更多的人加入这支大军吧。"

战后，好不容易捡回一条命的前田家先遣队队员——富田弥兵卫高泽曾在留书中写道：即使多次尝试回顾他们为何如此拼命，却怎么也想不明白。

"还会再增加的。"幸村并没有收回视线。因为原野上的人数就如才藏所说，愈见增多，最后连越前少将忠直之弟松平出羽守也带着自己的人冲了过来。幸村微微一笑。待到敌方人数已经差不多过万的时候，他高高地举起了右手上的采配。

一瞬间，百鼓齐鸣般的轰响顿起，伴随着震耳欲聋之声的，是真田丸中飞出的箭林弹雨。

原野上充斥着血的腥味。

既然是旷野，理所当然毫无遮挡。加之武者们并非受令冲锋，几乎都是自己走到战场上的，因此他们之中也不存在会发令撤退的总司令。

将他们推至如此地步的，还有虚荣心。这群乌合之众，除了前田、松仓、寺泽手下的部队，还掺杂了不少其他阵营的，诸如松平、藤堂等队的士兵。即便是想逃，却会因为羞耻心作祟而无法后退。毕竟这种情况下，哪一队要是带头逃走，事后必定背上响彻全军的骂名。他们若想避开飞弹，就只得用尸体作掩护，或者干脆索性装死，就地不动。

而大坂城方面在听到真田丸的发炮声后，青木民部少辅、伊藤丹后守、野野村伊予守、真野丰后守等诸将带领手下的枪队赶来，从走橹、高橹和箭眼后开始了射击。因为原野里密密麻麻地挤满了敌军,其中不少又一动不动地趴在地上,铁炮手们根本不需瞄准,只消将射角偏下任意射击,也能枪枪命中。

"这场仗打得也太奇了吧!"真田兵们嘻嘻哈哈地进行着射击,其中有一个老兵感叹,"我也是经历过关原之战的人了,但如此奇妙的战场,还是头一遭啊。"

位于后方茶臼山的本阵里,听到真田丸方向的枪炮声响起时,最为惊讶的正是家康。

终于,家康的使者一路奔至茶臼山,向他汇报了战况。

家康闻讯扔掉手中鞭子站起身来:"你说什么?两万人的军队跑到真田丸前面,趴在地上装死让人打?"虽然他及时地下达了撤退指令,但当全体兵士逃脱虎口的时候,已经是日落前了。这一仗,关东军战死九百人,负伤者两千余人。

家康唤来前田利常、藤堂高虎、井伊直孝诸将,这个老人身上的怒气鲜为一见,他怒气冲冲地训斥道:"你们倒是跟我解释,没有我的命令,为什么要擅自攻城!你们脑子里都在想些什么!"

在场的所有人皆畏惧于家康的震怒,其中最年长的藤堂高虎上前解释:"此次并非属下们下令。而是侍大将、足轻大将们私下所为啊。"

"你的意思是，全都是你们的家臣干的好事啰？"

"属下惭愧，的确如此。"

"你们的家臣，不仅不听主人的话，连我的军令也充耳不闻么？如此不把主君放在眼里，就是你们平时管教的结果？"

"不，这……"这一下，高虎也急出了一身汗。

包括前田家先遣队队长本多安房在内，作为整个事件起因的山崎闲斋、本多丹下等人被带到家康面前问话。然而他们也说不清自己为何会做出那般举动。家康气不打一处来："难不成你们被狐妖给迷了么！"

家康无奈，只有放他们回到各自的阵营中去。

冬之阵中，真田方忍者创下的最大功绩，便是这一仗。

其间，大坂与家康的和平对谈仍在继续。

实际上，从这场对弈开始，家康就秘密送信给守将织田有乐，劝他为关东进行间谍活动。有乐应允后，将其子庄藏作为人质送到了江户，并且把城内的状况，事无巨细都透露给了德川方。而这个秘密，大坂城内却无人知晓。

家康嘱咐有乐在城内推进和平谈判，而秀赖生母淀殿则交给其妹常高院去做工作。

对于和解一事，真田幸村、后藤又兵卫基次、明石扫部全登、长曾我部盛亲、毛利丰前守胜永等，也就是所谓的浪人武将均表示强烈反对，一时间城内首脑阶级的意见产生了分歧。

家康从织田有乐那里得到守将出现分裂的消息时，表示要"再推波助澜一把"。于是，他指派了两门南蛮舶来的火炮，又选了数十名铁炮名手，让他们从南部阵线的藤堂高虎阵地，以及北部战线的备前岛，向大坂城发起轰击。

一发炮弹击中了天守阁的梁柱，另一发则落入了淀殿使用的千叠敷之间，妇女们发出悲鸣四散开来。

淀殿在极度的恐惧下，不顾周遭意见独断地敲定了与家康的和谈。

庆长十九年十二月二十一日，冬之阵结束。

才藏离开了大坂城。

注释：

【1】走橹：连接橹之间的一种工事。

【2】出丸：城外之城。

【3】指物：日本古代武将背上的靠旗。一般为单面旗，旗上多绘制有家徽或姓名，旗的底色和字的颜色各有不同，主要用作战时指引自家的队伍前进或其他行动的标志。

【4】道祖神：日本村庄的守护神。立在村边道旁。据说可防止恶魔瘟神进村。

白山茶

停战后，守城的十万将士纷纷涌至城外及三之丸中。虽说是城池的三之丸，但实际上其占地几乎就有如今上町台的一半之多，是一个包括码头船场在内的广阔地带。三之丸内不仅有武家屋敷，还建有不少商家、旅店，甚至妓馆。

真田幸村、长曾我部盛亲、后藤又兵卫等诸侯待遇的浪人大将们离城后，均得到了属于自己的宅院，而塙团右卫门这般的侍大将，也在三之丸内拥有自己的宿阵。

"才藏。"佐助叫住他，"这边为我们准备了武士长屋，你要是有喜欢的女子，大可以把她带去那里共同生活。"

在佐助看来，自己算是说了些知情达理的话了。才藏听完却只是皱着眉头回应："我这个人，从来没有过自己的房子。过去没有，将来也不打算有。因为住着不舒畅。"

"那你打算怎么办？"

"我琢磨着要不要去堺一趟。"

"为什么？"

佐助还不知道，自从才藏将菊亭大纳言之女青子托付给堺商津野宗全后，就一直没有机会再过问。才藏担心那之后的情况，因此决定上门拜访。

（不过……）才藏心想：青子只要一直待在津野家，倒是不用担心她的安全。当务之急，应该是先找到阿国才是。

旅店一别后，才藏就被卷入战事之中，阿国自然也就不知行踪了。

（总是让人有些挂念。）

某日，才藏腰佩金银刀装的大小双刀，身着胭脂色无袖羽织和南蛮鞣革皮袴。他穿着这身颇具其风格的豪奢衣物，离开了真田家。

这个时期，城内还驻扎着两三万东军。他们平日里就各自与相识的西军将士在妓馆等地交游联谊。这个时代战国余风尚存，对武士们而言自身名誉最为重要。只要战争一结束，没了敌我，也就再没了彼此憎恶的道理。

才藏将武士聚集的茶屋、旅店挨个找了个遍，也没发现阿国的身影。兴许是为了躲避战争，逃去远方了吧。

无奈，才藏按原计划去了堺。他没想到在市之町的津野宗全大宅里，同样有能让他吃惊的事在等着他。

青子已经不在那里了。

见到才藏后，一向大气的津野宗全像个堂堂男儿一般低头认错。

"发生什么事了?"

"你也看到了,如今的堺到处是德川的军队。也许是关东的间谍也在找那位御料人吧,也不知什么时候,怎么地就打听到她在我家中的消息。京都所司代那边派来使者,让我交人。要是交出小姐,免不得会被讯问私藏小姐的原因,随随便便是搪塞不了的。但若是不交……"

"就说要抄你的家是吧?"

"没错。"

"什么时候的事儿?"

"冬天的战事开始前不久。真是抱歉,难得你如此信得过我。"

"罢了。反正青子身上的危机已经解除了。"

才藏离开位于堺市之町的津野宗全大宅后,漫无目的地在市中闲逛。他走到人头攒动的路口,找到一些看似来自大坂的旅人,向他们打听大坂的情况。虽然大坂动乱已平息,但看样子市民们却并不相信天下已经太平了。大家心里都明白,冬之阵只是前兆,真正的强震不久就会发生。

……会是什么时候呢?

这就是他们所关心的。

……会有多大的规模?

而这，是他们最为担心的。

才藏从知道大坂情况的旅人那里打听到现状，至于那些问题的答案，自然是要靠自己去摸索了。

（但我的位置又该在哪儿？）原本加盟大坂也并非才藏所愿。一切，都是因为一场偶然。

正是因为他在洛北的八濑遇到了伪装成"菊亭大纳言女儿青子"的隐岐殿，才被卷入了青子的事件，接着又与意图拐走青子的关东"黑屋敷"势力对抗。

不知不觉间，又置身在了大坂方的隐岐殿及猿飞佐助这一群人之间。

（这些奇妙的遭遇，都是缘于青子。）才藏一边思索着，一边走在路上。（青子既然已经被交给了江户，也就意味着我眼中的那个世界已经消失。如此说来，那我又有什么理由再待在大坂一方？）

才藏是个喜欢思考的人。他像狗剔骨头一般，将自己身上的各种可能性一一梳理、考量一番。

（理由消失，不就跟我自己从大坂消失无异了么？）想着想着，他突然觉得成天考虑这些莫名其妙的理论，自己的脑子也变得有些奇怪了。

（真是不太正常啊）才藏不禁讪笑。（我装着一副沉着的样子，其实早就不知所措了吧。真没想到失去青子，对我的影响竟如此之大。)

才藏突然停下脚步,望向面前一座三层的楼阁。从其间不断传出的管弦之音来看,这里应该是一座妓馆。

(进去喝杯酒寻欢作乐吧。这种时候,还能靠得住的只有这些了。)

他走进门,自称是"津野屋敷的人"。男仆赶紧引他去了上房。

才藏坐在木地板上铺着的圆形坐垫上,扫视房间。家具用度全用的南蛮舶来品。窗户上嵌着青、红、黄色的彩色玻璃,紫檀做的灯座上,玻璃灯绽放着妖异的光芒。

没过多久,老女就领来了一名女子,肤色白皙,面容温和。眼角的细纹无声地表明青春已逝,就像是在向旁人细说这座城市如今的萧条一般。江户政权建立以来,这座城市的经济实力,已是一日不如一日了。

"这是桔梗。"老女寒暄一番后,退了下去。

女子盈盈一拜,半蹲半坐地就拿起了酒壶。正欲斟酒的她突然开口道:"您该不会是……"同时脸上的笑容也没了踪影,"才藏大人吧?"

才藏将女子上下打量一番:"为什么这么问?"

"呃,其实是我的一位伙伴……"女子一边倒酒一边解释,"正在找一位男子,我只是看您似乎与她所说的人有那么一些相似。"

"弄错人了。不过你的说的那女子,叫什么?"

"我记得她的俗名,好像是叫阿国什么的。"

"倒酒。"才藏撇开视线,"不认识。"

之后,他借口小解离开房间,在走廊上踱步。此刻他的心中,充满了惊讶与疑问。他怎么也想不明白,阿国为何会出现在堺这个地方。

当才藏走到面向中庭的东栋时,隔着庭院的另一边走廊上出现了两条人影。看模样应该也是欢客。这两人一个是小个子的武士,另一个留着立发,一身兵法者打扮。看样子,估计是小个子武士的随从。

(那不是小幡勘兵卫么。)对方的身影,没多久就走进庭院里的凤尾松后。

小幡勘兵卫是之前进攻真田丸时东军中的一个武士。他在撤退的时候,为了取回自己忘记拿走的绘有酒杯纹样的指物,竟大着胆子孤身一人折回战场去了。

"什么人?"

他被城内的一个真田兵叫住,却转身反问:"你问我么?"

守城兵打算逗弄一下他:"那里除了你还能有谁。怎么,想吃铁炮子儿么?"

"你要是打得中,就打呀!别看我现在借阵于加贺大人,要知道我小幡勘兵卫景宪在德川家那可是有头有脸的人物。要打就打。要是能杀了我,可是你的造化!"

"既然你这么说,恭敬不如从命!"一旁的铁炮队长正准备发令射击的时候,却被幸村拦了下来。

"用几十挺铁炮去射击一个人,未免太小家子气。"

没错,就是那时的勘兵卫。当时因为隔得较远,真田丸上的守军其实并没有看清他的眉目长相,但才藏却看得分明。他的行为虽然带着些许滑稽,但在才藏的印象中,更多的是阴险小人的感觉。

(这个勘兵卫又是为了什么来堺?)才藏嗅到了事件的味道。

那夜,才藏等女子熟睡后,钻出了被褥。想必是因为酒劲尚存,加上爱抚后的疲劳,那女子丝毫没有醒过来的迹象。

才藏绕到女子脚那一边,"咻"地轻轻跳起,同时他抓住天花板上的横格,四肢就像吸附上一般地贴到了天花板上。他慢慢地将天花板的羽目板扯掉两块,一发力,整个人就钻进了天花板中。然后再把板子嵌回了原处。

接着，他就身轻如燕地在横梁上行走起来。也不知是一种怎样的技巧，他明明穿梭在满是尘埃的房梁之间，却又能衣不沾灰。这一点，也是忍者奥义的体现了吧。

（是这儿吧。）脚下就是小幡勘兵卫的房间。隐约能听见交谈之声。应该是两男一女正在喝酒谈天。天井里的才藏将脚背挂在横梁上，倒吊着将双手抱在胸前。而垂下的头，则是贴近了天花板隔板间的缝隙，从那里面依稀可以窥见房间内的情形。

（那女子，是阿国吧。）只凭声音才藏就听出来了。不过她的声音很小，不只她，两个男人的声音也压得相当低。这下就连才藏也听不清他们谈话的内容。才藏保持同样的姿势在天花板里听了二十多分钟，察觉到一个不自然的地方。那就是他竟然一次也没听到三人的笑声。这样的情况，实在不该出现在有女人一起的妓馆酒席之上。

当才藏分明地听到"调略"这个词时。他立即笃定勘兵卫绝非普通武士。

（间谍么。）

关于这个勘兵卫的履历，才藏也是在后来才知道的。这个男人是原甲斐武田家遗臣之子，主家灭亡的时候他还是个幼童。家康出于怜悯让他做了自己儿子秀忠的小姓，十六岁时元服后，成为知行两百石的近习。家康及其身边的人对多才多艺的他疼爱有加。然而如此恩宠之下，他却在十八岁时毅然擅自出走，离开了德川家。这在当时，即使他回心转意，也难免会以"弃主"的罪名被诛罚。最终，家康却只是不动声色地说了一句"随他去。"

勘兵卫晚年所著文章里，回顾了他出走之后遍历诸国进行"武者修行"的一段人生。现在看来，他真正的身份其实正是家康的间谍。

大坂冬之阵打响之时，他刻意没有官复旧职，而是以借阵浪人的身份暂时加入了加贺前田家的阵营。据说前田家对勘兵卫毫不怠慢，奉为上宾极尽礼遇。

大坂之阵后，回归江户的勘兵卫受封行知一千五百石。后来，他兴办甲州军学，教授战略谈判、攻城法、筑城法、调略、谍报等，一直活到了九十多岁。

（终于看出些苗头。看来，阿国应该就是勘兵卫手下的人了。）

阿国还在隐岐殿身边的时候，她的背后就存在着勘兵卫这个操纵者。

（这样的话，那个扮成兵法者的男人，应该就是勘兵卫雇来的保镖了吧。）

在才藏眼里，如今的情形倒真是越来越有意思了。

伊贺流忍术中有一种奇妙的术法——"奈（音）之术"。

"奈"，是地震的古老说法。而这个术法的奇妙之处就在于，能够人工地引发地震。在甲贺流亦被称作"鸣动术"，内容并无太大差异。

这里我们再说一个题外话。战国中期的伊贺名人百地三太夫，在受武田信玄委托，潜入信州诹访豪族诹访赖满宅邸，却不慎被发现并被逼得无处可逃。

关于这件事的结果，绝大多数的伊贺流传书上都是如此记载的——

"此时，屋舍鸣动，人人惊魂失措，争先恐后逃至屋外避难。三太夫顺利抽身……"

三太夫靠"奈之术"脱身。而眼下，才藏打算使用的也正是这个"奈之术"。只要在房中制造鸣动，让屋内的人仓皇逃到屋外，他就能趁乱将阿国掳走。要想能神不知鬼不觉地接近阿国，从她口中问出整件事的来龙去脉，也只有这个办法。

才藏从天花板里跳下，蹑手蹑脚地在屋内走动。一座房屋的房顶上，必定有一处负责承重受力的中心。才藏首先要做的，就是找出中心，双脚踩在上面发力。这与在充分地利用反作用力的前提下，能靠一根手指撼动重达千贯的吊钟原理如出一辙。只要找准窍门，要震动这座妓馆，也并非难事。

（就是这儿吧……）才藏所站的位置，是储藏室的一角。

整个过程需要十分的耐心。两脚交替发力，数百次后，才藏灵敏地察觉到一阵几乎微不可察的"晃动"。然后他在此基础上加大力度，反作用力的效果越来越大，最终，整座妓馆开始轰隆作响地摇晃起来。

妓馆内部一片混乱。

男仆们一个个跑出屋外，女人们也尖叫着冲到走廊上。才藏见状并未停下脚上的动作，晃动也愈加剧烈起来。

不久，一个男人的身影出现在中庭里。那人正是小幡勘兵卫。紧随其后的，是留着立发的男人，然后是阿国。

中庭里一片漆黑。才藏凑到阿国身后时，地震已经停了下来。

"噢——停了？"待到勘兵卫和他的保镖爬上套廊的时候，才藏一把捂住了阿国的嘴。阿国当即挣扎起来，但她听到身后的人揽住她的脖子在耳边轻声说"我是才藏"，身体一震，立刻停止了反抗。

"到外面去。"才藏抱着阿国走出屋外，翻过围墙落到了路上。

两人走出一段距离后，来到了一座旅店前。店里的男仆正站在门口，为一早出门的旅客点灯。才藏走过去，拍了一下他的肩膀："我的同伴身体欠佳，劳烦为我们准备一间安静的房间。"

"是。"男仆立刻应声。他看到阿国身上华丽的小袖，马上意识到这不是一般的旅客，也不知联想到了什么，只听他哆哆嗦嗦地又说了一句："要不，小的去请医生来？"

"你这是打算去报官吧？"

听才藏这么一说，旅店的男仆吓得浑身发抖。

"小，小的绝无此意。"

"那就好。要是你敢做多余的事，我可不会轻饶你。老板那边，你就好好应付一番便是。"说着，才藏往男仆手中塞了几枚钱。

男仆将才藏与阿国带到最里面的一间屋子，然后逃也似的退了下去。估计是把才藏当成盗贼头领什么的了。

"阿国……"才藏坐定，"没想到你还在做关东的隐密，真是好了伤疤忘了疼啊。"

"……"

"别想瞒我。你与小幡勘兵卫之间的密议……"

"呃？"

"我可是亲眼瞧见的。你一个女人家，别再干什么隐密了。"

"我没有选择。"阿国一脸幽怨地望着才藏,"只要才藏大人没有娶阿国为妻,我就无法与关东隐密断了干系。"

"为什么这么说?"

"勘兵卫大人是阿国已故祖父的主人。"

"你祖父是甲州的武士?"

"嗯。"

"头一次听说。"

小幡家原本是远州葛俣的城主,到了小幡山城守虎盛一代,被今川家所灭。之后一家代代侍奉甲州武田家。阿国的本家伊能家,是小幡家家祖山城守虎盛时代以来的家臣,甲州武田灭亡之时,其祖父伊能元右卫门掩护幼小的勘兵卫逃进了甲州深山之中,后来主从二人都被德川家康收了过去。

在勘兵卫奉家康密令作为间谍活动于诸国时,他改名为佐治助右卫门,加入了丰臣秀吉手下,担任其祐笔,俸禄五十石。其间,正是他将城内情报透露给勘兵卫,而勘兵卫再报告给家康。

"也就是说,你一家两代都是关东的间谍啰?"

"不错。"阿国垂头说道,"我一直以为,若是真田家伊贺众才藏大人能够娶我为妻,就算是勘兵卫大人,恐怕也会出于忌惮,再不起用我才是。"

"你这推销的手段倒是高明。要我娶你是吧?"

"若想让我放弃隐密的工作,总该给我一个能够放弃的条件吧。"

才藏看着面前这个狡猾的女子,不禁苦笑。

才藏思索片刻,突然用一种仿佛初次见到某种生物般的眼神,盯着阿国娇弱的身体。阿国被他看得全身发毛,伸手拨拢自己的衣摆,不解地问道:"为什么要这样看着我?"

"你……是勘兵卫的情妇吧。"

"……"那一瞬间,阿国只觉得眼前一片空白。

"我是这么想的。就算对你而言,勘兵卫也许真的不过就是主君而已。如果你是男人,倒是不好说,但身为女人的你,绝对不会只是因为这样的理由,就甘愿对勘兵卫唯命是从。勘兵卫还是浪人身份的时候,为了将你改造成他的'撇点撇横',就一直与身在大坂大野屋敷的你暗通款曲。你甘愿踏上这座危桥,全都是为了自己的情夫。"

"不!不是这样的!"然而声音却没有底气。

"你是谁的妻子,都无所谓。"才藏自嘲,"与我没有半点相干。我这一辈子,都将与行云流水为伴。"说完,右手突然抓起刀柄,"阿国,你看着!"

阿国瞠目地注视着才藏,似乎以为他疯了一般。

刀光闪过,隔扇上那幅白山茶绘顷刻裂为两半。阿国见状发出了尖叫。因为她看到那画上原本应该是白色的山茶花，正渐渐被染成红色。

"出来！"才藏一脚踢倒隔扇。出现在面前的，正是先前看到的那个兵法者。此刻他的左肩上，正汩汩地渗着鲜血。

"终于来了。不枉我离开时一番大张旗鼓的行动，就是在等着你们跟上来啊，这位贵客，敢问大名？"

"听好了。中条流兵法者日野左内！"

"勘兵卫花钱雇来的吧。"

"看招！"

这一刀来得太快。才藏根本来不及应付，只得在榻榻米上向后一跃，一直退到壁龛前，连带着把青瓷作的狮子形状的香炉也绊倒了。

左内持中段，朝阿国努了努下巴："快逃吧。小幡大人在等着你。"

"我不走！我是才藏大人的妻子！"

"你疯了么？"

"左内。"才藏插入两人的对话，"看来勘兵卫和阿国两口子正在吵架呀。赶紧把她带回去，让他们和好吧。"

"你这小子！"电光石火之间，左内的刀已经刺了过来。才藏却并没有躲开的意思，只是微微地沉下了腰。刹那之后，榻榻米上就多了一具左内的尸体。他胸口上插着的，正是才藏掷出的胁差。

"阿国。"才藏从尸体上拔出自己的胁差,看着阿国,"你我不会再见了吧。我的确曾经有意于你。但伊贺人的心中,本就没有女人的位置。现在想来,生出那般心思的自己真是蠢得可以啊。"

说完这些话,才藏转身走出了房间。

夏之阵

才藏离开堺后又去了趟京都，再绕道至伊贺，在久违的故乡休整了一番。当他回到大坂时，已经是樱花含苞待放的季节了。刚一迈进大坂的市街（这，这是……），他不禁为眼前的情形感到错愕。城内二之丸到三之丸之间的模样，已经面目全非。

数以万计的力工挤满了城中的街道，一个个都像工蚁般在忙碌着什么。仔细观察，就会发现他们是在填埋护渠。不止是护渠，二之丸的千贯橹也被弄垮。绕到西之丸，还能发现连大野修理的宅院也被破坏掉了。

才藏一回到真田丸，马上抓来佐助质问："到底是怎么回事儿？"

"这事儿说起来诡异得很。"佐助的笑容里，夹杂着些许阴郁。

佐助告诉才藏，在停战时举行的与关东之间的议和会议上，家康交给秀赖一份宣誓书。上面写着——

一、确保丰臣家领地（摄河泉六十五万七千石）。

二、对于城内新旧将士的身份，并无异议。

而秀赖递给家康的宣誓书上则写着——

一、对家康及秀忠绝无二心。

二、诸事皆事先告知后实行。

然而问题就在于，不论哪一份宣誓书上，都丝毫没有提及"破城"之事。只有家康"口头"上不经意提出的"难得我专程大老远地从关东来一趟。至少还是把外围的护渠掩埋一番，也算是留个出阵的印记吧。"

因为家康说得十分轻巧，反倒没人发现这才是他最根本的用意，一个个竟都表示"如果只是外围的护渠……"，而纷纷默认了。

于是乎家康指派松平忠明、本多康纪、本多忠政为奉行，立即将破城的土木工作分配给了诸藩首领，然后自己带着轻兵回了骏府。

谁知道工程开始后，便渐渐朝着奇怪的方向发展下去。力工们在诸藩的竞争督励下，不止是三之丸，竟然开始填埋起二之丸的护渠来。大野修理大惊失色，马上造访松平忠明，指责其违约的行为，然而得到的答复却是——

"这些都是大御所的命令。若是有意见，就请派使者去骏府。"

淀殿方面，也遣了自己手下的侍女阿玉局去质问家康的部将成濑隼人正,而隼人正也是装作没听见一般,只是对阿玉的美貌赞不绝口:"太美了!若是能与如你一般的可人儿一尽春宵,我这个庸俗的三河人隼人,愿意赔上这条性命啊。"还不忘调戏一番。

怒火中烧的大野修理又亲自去向留在京都的家康谋将本多正信申诉,而正信俨然一副不知情的样子。

"岂有此理。那几个奉行也太不像话了,一定是他们曲解了大御所的意思。在下也认为应该立即返回骏府向大御所报告此事。不巧的是,在下这几日受了风寒,待在下痊愈之后再行动也无妨吧?"

随后,大坂方无奈又向家康派出了使者。家康表示惊讶,并扬言"一定会好好教训那几个奉行"。但也只是说说罢了,工程依旧进行着。事到如今,大坂城几乎已与裸城无异。

在才藏眼里,大坂城的首脑阶层都是无能之辈,简直让人怀疑他们到底是不是脑子不正常。

最高权力者淀殿被二位局、大藏卿局、正永尼等一干有些小聪明的妇人簇拥着,手握军事、外交的主导权。而这些人中唯一的一个男子,便是秀赖家老大野修理治长。

但治长这人有今天的地位,不过因为他是淀殿的女官大藏卿局之子。即便有些才能，也不过是小商人的程度。

家康打从一开始就存心要作弄这支由寡妇、女官还有女官儿子组成的领导队伍。如哄小孩子一般幼稚的外交手段，却能如此顺利地剥掉大坂城的外衣。怪不得家康老奸巨猾，一切都是因为大坂方太过无能。

首脑部的无能，后藤又兵卫、真田幸村、明石扫部、长曾我部盛亲等浪人大将们看在眼里，也是心灰意冷。

他们只被允许担当战斗之职，在战略及外交上根本不让他们插手分毫。

冬之阵和议之时，几位也提出"这是家康设下的陷阱"，而强烈反对过。一开始秀赖也赞同浪人诸将的意见。但后来治长在私底下又找到秀赖。

"自家之事，怎能容得那些浪人来决定？不过都是被这个城捡回来的人罢了，对他们而言，要是没了战争，就只能再回去饿着等死啊。所以他们才如此反对和议。"

秀赖在听完治长的言论后，竟点头表示"原来如此，竟是这样"。

有如此愚不可及的首脑存在，大坂如何还有能力与关东进行二分天下的对弈？

才藏去向幸村请安，报告自己回城。

"哦，你回来啦。"幸村一见到他，立刻心情大好。他是真心喜欢这个不属于任何组织和场所的,叫做雾隐才藏的男人。"堺和京都的情势如何啊?"

"实在是不太好启齿,不单是普通民众,就连下人之中如今也没有人觉得大坂会获胜了。"

"那是当然。敌人攻不下的城池,却往往溃陷在守城者自己的手中。"幸村所言并非毫无根据。庆长五年(1600)秋天,他就曾与父亲昌幸一同响应石田三成出兵,死守信州上田城。当时正因为有他们拖住了家康第二军秀忠的军队,才导致秀忠最终没有来得及赶赴关原加入战阵。对幸村而言,区区一座上田小城,便能抵抗住天下的大军而不落城,至于大坂城,若是方针正确,万万没有被攻陷的理由。

"事已至此,如今留在我们手中的,就剩下这座裸城,怎么想也是回天乏术了呀。下一仗,就让我以城外的山野为阵地,尽情冲锋吧。我要让真田左卫门佐之名流芳后世。只要这么一想,我就兴奋得夜不能寐啊。"说完,幸村大笑起来。笑声中尽是爽朗。

家康眼见大坂城变得一丝不挂,立马向秀赖抛出了两三个难题。受到惊吓的淀殿马上将大藏卿局及常高院等女官派到骏府,妄图乞得家康的宽容,但家康根本不把她们放在眼里。元和元年(1615)三月,他向诸大名下达了大坂讨伐令。

无奈之下，大坂方也只得重整军备，再次向诸国发出浪人征召令，这一次，依旧聚集了十万余人。

城内每日举行军事会议，以幸村为首，后藤又兵卫、木村长门守重成等人纷纷主张"在敌军行动之前主动出击"。

毕竟没了坚不可摧的堡垒后，留给他们的只有野外决战这一条路可走了。然而家康最擅长的，偏偏就是野战，所以又必须尽可能地避开大型会战。如此一来，最佳的对策就是在家康大军出现之前，抢先手尽全力将前卫部队歼灭，斩断家康的手足之后，再与其决一死战。

可如此简单的道理，大野修理却还是不明白。

"此举对我军不利。"他零零碎碎地提出了各种理由，总之就是推崇大会战。因为双方分歧，军议毫无进展，始终没有一个结论。

一天夜里，后藤又兵卫造访真田丸，若有所思地对幸村说："修理的样子有些不太对劲啊。"

幸村听他这么一说，也点头道："你也这么看？从修理的言行来看，他对军略的熟悉程度，倒是比起冬之阵时更深了。不过一般来说仅仅数月，就能够变得如此熟练地运用军事术语么？"

"不，那样子看来不像是临时抱佛脚从兵书上学来的。

恐怕他是被臭狐狸给找上了呀。"

"此言有理。"幸村摇铃唤来近习,"叫才藏来。"

又兵卫接着说道:"前几日征召浪人时,我发现多了许多新面孔。说不定其中就有关东方面的人化身间谍混在其中,然后被修理看中带入了自己的幕营。"

片刻后,才藏出现在距离两人较远的下座方向。

"凑近些。"幸村一边朝着才藏招手,一边向又兵卫介绍道,"这一个,就是驱赶狐狸的高手。"

又兵卫看了一眼下座的才藏:"伊贺忍者?"

"正是。"才藏低声回应道。

"瞧这一身的气势,身为伊贺忍者实在有些大材小用啊。早就听说真田大人手下忍术高手云集,我还是第一次见到这个人。叫什么名字?"

"哎?"面对又兵卫朴素的问题,才藏苦笑着回答,"忍者无名无姓。但世人都称我为雾隐才藏。"

才藏不得已踏上了"驱赶大野修理身边狐狸"的路途。为了让他能够在城中各个阵所畅通无阻,真田幸村为他准备了亲笔书写的通关手札,其身份也成了幸村的"使者"。因此他身着平装,身边也无随从。

才藏离开真田丸的时候,还是午后时分。等他绕过城内曲曲折折的道路，终于进入本丸的城郭之内时，太阳已经开始落山了。城内竟宽广到了如此地步。

他打算先去见隐岐殿。说不定她对至亲大野修理身边的一些事略有了解。

……但事情远没有那么简单。毕竟隐岐殿真正的身份是淀殿身边的女官，一旦回了城，就不是那么容易能见到了。与在京都作为隐密活动之时自不能相提并论，如今的她可以说是云层上方高不可攀的存在。

（对方可是上臈。要是走正规的途径去见她，也许反倒弄巧成拙，弄不好还会给左卫门佐大人带来麻烦。还是等到夜里摸进去吧。）

隐岐殿的长局[1]，在一座俗称杜鹃屋敷的建筑物内。

……恰逢那日隐岐殿不当班，留在自己的局中。晚膳之后，她闲得无聊，于是唤来三名家臣（侍女），玩起了南蛮骨牌。

过了很久，隐岐殿也没有收手的迹象。其中一名家臣看她虽然手拿骨牌，但心思却似乎根本不在上面，终于忍不住开口道："主人。夜色已晚。明日是您当值之日，还是早些歇息吧。"

"好。"听到家臣劝告，她回过神来露出一个微笑。

其实这天从傍晚起，她就莫名地觉得胸中有些忐忑。也不知为何，心中突然就被才藏的事装得满满的。她正愁这样下去恐怕无法入睡。

"那就索性玩到天亮吧。"

"这……"家臣们面面相觑，眼神中难掩惊讶。

这时候的才藏，正躲在天花板里一边打瞌睡，一边听着房间里的谈话声。时不时地还会像想起了什么一样，从天花板的缝隙里瞄一瞄下方的情况。

（这真是那个隐岐殿？）也怨不得才藏如此惊讶。在他看来，眼前这个隐岐殿，与过去相比简直就像是换了个人。

一颦一笑，一言一行，那谈笑俏皮的神情动作，怎么看也都是个单纯烂漫的小姑娘。

（不对，说不定这天真无邪的样子，才是她的本来面目。）

正因为她是这样的一个女子，在她被赋予京都隐密头领的重任时，才不得不将自己全副武装起来，利用与生俱来的才能，勉强地扮演着另一个自己吧。

这时，一个年长的家臣神情严肃地叫住她："小姐……"说话的口气，完全就像是在教育幼女一般，"快些歇息吧。骨牌明夜再玩便是！"

"不要。"隐岐殿头摇得拨浪鼓似的，"你们要睡，就自己先睡嘛。"隐岐殿的这些行为，看在才藏眼里，着实是新鲜到让他心疼。

虽然隐岐殿放出豪言，但当戌之下刻（晚上九点）的太鼓声响起时，阵阵袭来的困意让她也有些撑不住了。

"我去睡了。"说完就扔下了骨牌。

"正应如此。"侍女们赶紧上前替她宽衣，再为她换上了入睡时穿的小袖。这三个女家臣看来十分喜爱隐岐殿这个主人，只看她们的动作和态度，还会以为她们这是在给小女孩更衣。

"来，入睡前先去净手吧。"其中一人手持烛台站起了身。

隐岐殿走在长长的走廊上，一边用手不停地揉着眼睛。

"看来您也是困得紧了。谁让您偏执于那样的胜负之事呢。"

"嗯……"隐岐殿露出了十分孩子气的表情。她从侍女手中接过烛台，走进了厕屋。

这间厕屋有四叠大小，地面上铺着榻榻米，屋内还焚着香。

隐岐殿解完手正欲起身，突如其来的一阵风将她手中烛台上的火焰拉扯得扭曲起来。她忽地抬头一看，发现天花板上的木板已经被卸掉了三块，露出一个黑漆漆的洞口。

（啊！）不等她握住怀里的短刀，才藏就现身在了她的面前。

"是我。"

"您怎么偏得要选这样一个让人羞耻的地方出现?"

"没听说过厕所的神灵么。"

"这意思是,您就是厕所的神灵啰?"隐岐殿扑哧一笑。这样的表情,在她执行任务期间,才藏从未见过。这一刻,才藏的心中竟少有地生出了怜爱,一心只想将面前的人拥入怀中。当他想把手轻轻放在隐岐殿的肩上时,却被对方避开。

"听说你在守口之宿见过阿国了。你们都做了些什么?"

"哎哟,到底如何了呢?我这颗心的构造,就是会自动忘记太早前的事儿呀。"

"不说也罢。"

"我是来找你的。"

"没想到事到如今您竟然还会有事找我么?"

"是有关城中的大事。"

"如今的我已经不是隐密了。与你在京都的那段日子,也已经成为过去。早就被我忘得一干二净了。"

"别说得这么冷漠嘛。"

"真是稀奇了。"隐岐殿莞尔一笑,"才藏大人你竟然也会有在意女子心情的时候?"

"嘘，外面可听得到。"

"半刻之后，你再来寝室找我吧。我会支开家臣们等着你的。"

到了约好的时间，隐岐殿端坐在枕边，等待才藏的到来。不一会儿，隔扇无声无息地拉开，才藏走了进来。隐岐殿没有移动视线，只是死死地盯着他脚上的忍者足袋说："我去给你沏杯茶吧。"

"先让我脱下这身再说。"说着便三下五除二地脱掉了黑色的装束，露出一身平装。

房间一角有一个炉子，旁边围着屏风，可以听见炉上正烧着水的声音。

"那我就不客气了。"才藏坐了下去。

隐岐殿也挪到炉前，保持着平静祥和的姿势，用充满生机的灵巧指尖沏好了茶。她将茶碗轻轻放到才藏的膝前，然后自己也慢慢地用双手托起茶碗，说："真是许久不见了。原本距离守口驿站一别，并没过多少时日。也不知是因为其间战争勃发，才让人觉得似乎过了很久一般。"

"你平安就好。听说战争中家康的和兰陀（荷兰）炮弹炸碎了本丸的柱子，当时就在旁边的淀殿侍女们慌忙逃窜。你当时也逃走了吗？"才藏不忘逗弄她一番。

"逃了呀。"隐岐殿像是回忆起了当时的自己一样，笑着说，"说起来，当时好像还哭了呢。在京都的时候，做了那么多不像是女人该做的工作，原以为多少已经能克制住心中的恐惧。谁知道一回到城里，终究还是变回了自己。那一日，远雷般的大炮一大早就响个不停，那轰鸣声至今还残留在耳畔。"

"看你说得那柔弱劲儿。"

"我本就是柔弱温和的女子呀。"

"是么。可我怎么记得连我才藏也有好几次都差点栽在你手上啊。"

"求你，别再提从前了。京都的那个我，不是真正的我呀。"

"先说正事。"才藏打断话题的行为，招来隐岐殿一脸的不满，"是有关你兄长修理（大野治长）的事儿。修理大人近来有没有特别关照某个浪人男子？比如那种对军阵特别熟悉，又颇有才干，能言善道的。"

"叫什么？"

"这正是我想问你的。"

"这么说起来。兄长虽没有向我提起，但我的确听淀殿说过'听说最近修理雇到一个让他如获至宝的人'这样的话。至于名字嘛，应该是叫小栗利兵卫。"

"你可曾在修理大人宅中见过此人?"

"见过。"隐岐殿将利兵卫的年纪、样貌以及身型描述了一遍。

(果然就是小幡勘兵卫。没想到他竟然混到城内权臣的身边去了,真是胆大包天。)

"那男人就是我们在找的狐狸。"

"你的意思是……"

"那不过是他的化名。其本名小幡勘兵卫,曾经是家康的近习。去年冬天那一战,他暂时加入了加贺前田阵营,现在则是干起了间谍的勾当。"

"间谍哦……"隐岐殿喃喃自语地看着远处,大概想起了自己也曾置身于那场动乱中的那些日子吧,"那么,才藏大人你又打算怎么对付那个小幡勘兵卫呢?"

"神不知鬼不觉地除掉他。"才藏满不在乎地回答。

"可他毕竟是兄长的宠臣,恐怕会招来不少麻烦。不如让我去劝说兄长,由他自己来下令的话,应当是更为妥当些。"

"不成,你把事情想得太过简单。要知道你兄长修理大人与真田、后藤、长曾我部盛亲等浪人大将们本就不和。要是他知道指出其人是间谍的其实是真田的话,免不得会认为是对方中伤自己的手段，妄自生出各种揣测。这种时候，就要按着忍者的做法来。他既然从暗处来，就让他葬身于暗处。"

"但我见着他的时候，他的身边一直跟着五个身强体壮的人。"

"五个？"（也许是风魔的人。）这是才藏的直觉。因为风魔总是以五人为单位行动。

"我这一趟算是来对了。你的这些情报，可算是帮我大忙了。"才藏正欲起身离开，隐岐殿只是将视线停在他身上，幽幽地说了一句："才藏大人就像是一阵风……难道在你的身体里，没有属于人的心么……"

"心？"无心，是才藏所学伊贺忍术的理想极致。但在才藏那双低头看着隐岐殿的眼睛里，却分明带着这男人少有的爱怜之情。此刻他心中所想的是，今日一别，也许就是与隐岐殿的永别了吧？

"战争要是开始了，你千万不要跑到那些流弹横飞的地方去哦。"

"若是连城中也陷入战火呢？"

"那就逃走。"

"你是让我抛下右大臣、淀殿和我的兄长自己逃生么？"

"你在京都的时候，已经尽力为丰臣家做得够多了。你一个姑娘家,就算与城共存亡,也没人会称赞你什么。倒不如在剩下的年月里,为你自己而活。"

"可一旦城池陷落,战火四起、敌军肆虐的环境中,你让我一个女子怎么逃脱?"

"……"

"才藏大人你会来救我吗?"

"真拿你没办法。"才藏挤出一个苦瓜脸,"既然是我提出来的,那么你若是遇到万一,不管我身在何处,都会来救你,行了吧?"

"真的?"隐岐殿一脸天真地雀跃道,"既然你都说了,应该不会有假了吧。"

"我雾隐才藏向你保证。只要我还活在这个世上一天,就必定会做到。"

"说定了?"隐岐殿双膝立起,继续追问才藏。虽然她其实本就无所谓自己的生死,但出乎她意料的是,才藏竟然以性命承诺会来迎接她。这无疑带给了她精神与灵魂上的喜悦与震撼。

"才藏大人,快抱着我。不然我一定会倒下去的。"

此刻的小幡勘兵卫正感到不寒而栗。这也怪不得他。毕竟自己的手下,这些天来每天都会少掉一个。原本的五个人如今就只剩下俩了。

他们到底是何时,又是在何地被杀掉的,自己也毫无头绪。唯一可以确定的是,每天清晨,他们的尸体就会浮在本丸下的护渠水面上。致命伤都是右袈裟斩,且下手之人本领高超,均是一刀毙命。

(为什么刺客偏偏只对我的家臣下手?)敌人在暗处,其意图实在让人无法捉摸,这更让勘兵卫毛骨悚然。

大野修理从阵中目付那里听到了有关这件事的报告后,也认为其中有古怪。他叫来勘兵卫说:"怪了。怎么被杀的只有你的手下呢?你是不是跟什么人结过仇呀?"

"大人,关于这件事……"不愧是未来在江户大兴门户的军学者,勘兵卫不慌不忙地搬出早已准备好的说辞,"绝不简单。那些人虽说是陪臣,但到底还是大人的家臣。依我看,恐怕这是城内的某些嫉妒大人权势的人所为呀。"

"要是针对我的话,我的家臣、与力众如此之多,为何又偏偏只对安排在你身边的人下手?"

"这个么……"勘兵卫思索片刻后接着说道,"在下身为新人,却备受大人您的重用,甚至还被提拔到了参谋之位。旁人看来在下必是大人您的心腹。他们一定是企图以加害我来达到让大人您受惊的目的。"

"那到底会是谁?"

"借一步说话。"勘兵卫凑到修理五尺之内,"从手段的高明细致上来看,除了真田左卫门佐不作他想。"

勘兵卫身为间谍的主要工作,就是离间实力派浪人诸将和谱代大野修理之间的关系,所以这种说法无疑是辩解与谋略的一石二鸟之计。不过这次,连蠢笨的大野修理也失笑道:"就算真田左卫门佐再有能耐,也犯不着做这类小动作吧。是你想多了。"

勘兵卫回到自己的宿阵,心里的不安蔓延开来。

(那刺客想来应该不是个等闲之辈。)

正如才藏所料,勘兵卫的手下们的确是在他入城时暗地从骏河、甲斐招来的风魔一族。每个人都身怀高超忍术,按理说不是那么轻易能对付的。

勘兵卫叫来了宿阵一室中剩下的两个风魔,问:"你们觉得对手会是谁?"

"恐怕是伊贺忍者。"

听到这句话,勘兵卫像是在掸去恐惧一般紧紧咬住了嘴唇。毕竟他也是个紧要关头敢只身闯入敌城的人,谨慎的背后蕴藏着不寻常的勇气。

"要是坐以待毙,就是中了刺客的圈套,无所适从。今晚起,就把这宿阵四周里外调查一番,只要发现踪迹,立刻格杀勿论。"

勘兵卫话音刚落，房间一角突然迸出一团火光，接着就冒出了浓浓的白烟。在场的人见状，纷纷惊慌起身。

"刺客！现出身……"勘兵卫正欲高呼，只觉白刃冰冷的触感搭上了自己的脖颈。

"别吵！"一个低沉的声音。刀刃一点点地陷入皮肉，最终使勘兵卫四肢平伏地趴在了地上。

"什，什么人！土藏！"勘兵卫叫了其中一个风魔的名字，"猪太郎？你们在干什么？"

"叫也没用……瞧着吧。"眼前的一幕，让勘兵卫差点失声叫出来。随着烟雾散去，榻榻米上黑影显现，分明就是那两个风魔的头颅。一个仰面朝天，一个睁眼瞪着烛台的方向。

"要不想跟他们一样，就给我老实点儿。"

"……"

"我有话要问你。小栗利兵卫，不，应该称呼你的本名小幡勘兵卫才对吧。"

勘兵卫手肘一弯，看来是认命了。

"我在堺的某座青楼里，见过你。"

"……"

"不仅如此，还偷偷听到了你的密计。虽然为了功名无可厚非，但胆敢深入敌营，也是胆量不小。我身为伊贺忍者，不禁对你有些钦佩。"

"呵呵。"勘兵卫这时像是略微放松下来，他笑出了声，说道，"要是这么佩服我，不如做我的弟子。"

"成啊。毕竟在伊贺被称为能人的我，也没能耐扮成敌人混入如此严密的城中。你身为一个忍术的门外汉，这作为倒是可圈可点。不过，在堺的时候，你遇到地震了是吧？"

"呃……"

"那是我弄出来的。"

勘兵卫立马闭上了嘴，一脸的难以置信。

"就算懂得那般奇术，潜入城中却仍是一大难题。你这个外行终究还是不走运，被我看破了行当，如今落到我的刀下。也算是对你的一次教训，今后再不准回到这里来。"

"噢——"勘兵卫狡猾地歪了歪嘴，"你的意思是要放了我？"

"一言既出，驷马难追。明日一早城门打开之时，别让我再看到你的影子。时至今日，就算捉到一两只你这样的臭狐狸，也不会对这座城有多大的作用。"

"我再问你一次，你是要放走我吗？"

"啊……"

"感激不尽。待到关东胜利的那一天，我会向上方推举你。"

"你个不怕死的。"才藏冷笑道,"别一副反倒是施恩于我的口气。要谢的话,就去谢阿国吧。我与阿国多少有些情义,所以才放你一条生路。仅此而已。"

家康为征讨大坂,于元和元年四月四日从骏府出发。虽然早就向诸侯下达了出征令,但家康本人为了隐藏自身的企图,声称西上是"为了参加尾张宰相义直的婚礼"。

同月十日,家康进入名古屋城。当日他就接见了从大坂城逃出来的小幡勘兵卫,而十三日,又迎来了曾与勘兵卫共同作为间谍潜伏大坂城内的织田有乐及其子尚长。家康从这三人口中听到了不少城内的情报。

同月十八日,家康入住京都二条城,将军秀忠则是在二十一日那天进入了伏见城。

这一时期,京都方面奥州的伊达政宗、筑前的黑田长政等远国大名都已到达。动员参与到进攻大坂的关东军队,这一次达到了二十万人的巨大规模。

另一方面,大坂方终于定下了"先敌进攻"的战略。因此先发制人地发兵大和、和泉,并将郡山、堺烧毁。至于对堺的处置,主要是因为堺商们虽身处丰臣领内却私通关东的缘故。

那一日,堺的街道燃起的火焰,连身在真田丸的才藏也能望到。让他痛心的是恐怕津野宗全的宅邸也难逃火难。

"真是……佐助啊。太孩子气了。"他咬牙切齿地说道,"这简直就与山贼无异。对方不过就是些买卖人,哪有不为自己打算的道理?"

大坂方的做法或多或少地已经开始偏离了常轨。

而大和方面,是只有一万石的城主筒井正次居住的郡山城。正次眼见敌众我寡,当即弃城而逃。大坂军入城后,焚烧城下,甚至还想趁机冲入奈良放火。大坂城派出了急使,以"奈良大寺众多,不得入内"之令阻止了这种行为,这才使奈良幸免于难。然而已经被火烧疯狂了的人,依旧还是对法隆寺村及龙田村等村落下了手,一把火烧掉之后,军队才从国分岭撤回了大坂。

堺失火是在四月二十八日这天。执行部队是大野治房的直辖部队,由五名部将指挥。

他们分别是大野道犬、塙团右卫门、御宿堪兵卫、冈部大学及长冈正近。他们领兵攻入堺,将畿内诸城攻破直至岸和田后,大野治房向先锋大将冈部大学下达了指令。

急功近利的塙团右卫门得知后甚是不悦,叫嚷着"凭什么把我撇一边,让大学去当先锋",就擅自开始冲锋,以至于只带了轻兵的他在樫井附近与浅野军队展开激战,乱军之中不幸战死。

翌日，樫井败绩传回城中。虽然大家纷纷谴责团右卫门的莽撞打乱了作战的计划，但才藏却不予苟同。事实上，团右卫门早就看清大坂已无胜算，因此才想要寻找一种方式，能够名留青史死得其所吧。说他是自杀也一点不为过。

泉州樫井的残兵满身血污地回到城内时，已经是五月一日的午后了。极度的疲劳，令他们一进城便脱下具足，选了阴凉处，光着身子不分场合倒地大睡。

才藏作为幸村使者前去本丸的路上，就经过了他们的所在之地。一群群人围在一起，高声讨论着。

"怎么就说那是场败仗了呢？"有的武者歪着脖子一脸不解。他的同伴立刻接过话茬道："就是，我也弄不明白了。当时我虽然只是预备队吧，可我一直就听着前线的铁炮响个不停，也没见有敌人攻过来啊。再说我们人多，根本就没想过会输呀。哪想没多久，竟然就让我们撤了。简直就像是白去岸和田、贝塚郊外走了一趟嘛。"

"我呀，那时候就在前面。亲眼看到了那场战争。那绝对是胜仗呀。"

"怎么说？"不知是谁从旁问了一句。

"虽然先锋塙团右卫门大人的确是冲过了头战死了，但不也仅限于此么？整体来说，我方军队基本无伤，人数也更多。怎么就不能在那儿乘胜追击一把？"

"大野大人懦弱得很呀。"

"我年轻的时候是参加过关原之战的，战争根本就是不顾一切啊。乱军之中，谁还弄得清己方到底是赢还是输了。可只要听到大将级别的人，大声叫唤着'势在必得！冲啊！冲啊！'一类的话，力量一下子就涌出来了。这就是大将存在的意义啊。像大野大人那样，看到前锋略有受损，就立马撤军，实在不是大将风范。"

如今连身份低微的士卒之中，也充满了对大坂城首脑部的不信任感。

才藏正要走上通往本丸的台阶时，从上方走下来一个带着近习的魁梧武将。是后藤又兵卫。看样子刚从本丸的军议会回来，闷闷不乐。

他发现才藏后立马停下脚步，忽然地就换上了一张笑脸。

"哎哟，这不是前几天那位无名大人么。"

"……"才藏在台阶右侧站定，单膝跪地苦笑着。

"来得正是时候。"又兵卫毫无架子地凑到他跟前，突然蹲了下来，语气中带着戏谑，"我说美男子。单这么看你，似乎跟我这张臭男人的脸也没什么区别嘛，可我怎么就没什么女人缘。你又为什么那么得女人欢心呢，说来听听？"

"您这样拿在下打趣,着实让在下有些为难呀。"

"我可是在佩服你啊。怎样,要不要吃点心?"说完又兵卫拿出了一个纸包摊开来放在地上,看样子应该是从本丸拿来的点心。据说又兵卫虽不饮酒,对甜食却爱不释手。

他自己先拿起了一个:"你也吃吧。"一边催促才藏,一边对身后的近习说,"你们那谁谁谁,不懂得什么叫亲切么?既然是野点[2],是不是该沏些茶来呀?"

"啊!是!这就去准备。"两三名近习立刻朝着位于附近的赤座直规的屯所跑去。大家都十分喜爱又兵卫带着稚气的地方。从他们脸上露出的明朗笑容,就能看得出来。在才藏看来,他们并非将又兵卫当作主人在敬畏,而是把他当做一个普通长辈,打从心底里敬爱着他。这一点实在是了不起。毕竟又兵卫与他家臣之间的关系,并非是累代的主从。他们一开始都是身为浪人来到这座城里,在这里结缘。但他们之间那种浓得化不开的感情,却是只有做了百年主从的人之间才会有的。

不多久,近习们回来了。一个拿了篝火代替炉子,用铁锅充当茶釜。另一个则摸出两支军营里常用的竹筒,当做茶碗。最后回来的那个人,竟然还搬来了一扇古屏风,也不知是从哪儿找来的。

"哎哟,你弄来的东西不错嘛!"

"要没这个，哪儿能有饮茶的气氛。"

"不过风一吹就倒了啊。"

"您放心。有我们在背后给大人您撑着。"

"大人，这边是坐垫。"一个近习又为又兵卫与他的客人在地面上铺好了草席，"这样就万事俱备了。"

"感激呀。"

又兵卫对近习们所做的每一件事都点头肯定，眼睛还不停地眨巴着。年轻时被称为日本第一勇武的后藤又兵卫，如今也是五十有六的年纪。也许是岁月让他变成了多愁善感的人吧。

"像这样坐在草席上，用竹筒喝着茶，总让人想起还在京都河滩上乞食的那段日子啊。"

"身为伊贺忍者，竟能得赐茶点，实在是不胜荣幸。"

"说什么呐。我原本也就是个乞丐罢了。"说着，又笑了起来，"人啊，真是奇妙的生物呢。一旦知道吾命已不久矣，随便看到什么人都会觉得他们可爱起来。更何况是看到有你这般气概的男儿，过去的种种涌上心头啊。这才不分场合地就把你拉到路边来了。"

"真是过分呐。"

"话说回来，方才说起美男子的事儿。"又兵卫放下手中的茶碗，"昨日我见到隐岐殿了。她对我说她想见你哟。"

"恕在下冒昧。后藤大人您与隐岐殿是何交情？"

"因缘不浅呐。我在京都的时候，全靠着她暗中扶持。"

"原来如此。"才藏端起茶碗，想把自己的羞涩隐藏起来。

"好啦。"又兵卫笑道，"隐岐殿告诉我，要是见到你，务必让你去找她。"

"您就别消遣我了吧。不过据我所知，隐岐殿不是会说这种话的女子。"

"嘿！"这下又兵卫乐了，"你是不知道我又兵卫和隐岐殿交情有多好才这么说的吧。隐岐殿啊，在我面前什么都说，毫无保留。你们在京都的那些事儿，我可都听她说了。要是我把话说明白了，你在我面前可就抬不起头啦。"

"……"

"这座城还能支撑多久，谁也拿不准。对一个女子来说，哪怕是最后仅存的时间也好，也想再尝尝这世间所谓爱怜的滋味吧。"这种话，实在不像是又兵卫这样的人会说出口的。

突然，才藏心生了一个想法。说不定能拜托这个又兵卫在城池攻陷前带隐岐殿逃出生天了。

"大人。"才藏欲言又止，他感受到又兵卫看着自己的目光异样明亮。只有看清了自身命运的人，才会拥有如此眼神。

又兵卫话锋一转:"才藏,你是个忍者。身为忍者的你,会穿上具足上阵杀敌吗?"

"不会。"

"可惜呀。战争可是十分有趣的呀。要不要去跟真田大人说说?要是大人说不行,就跟着我如何?"

"人有分工。对在下而言,背负指物乘马冲锋这样的活,只要想想就厌倦得很。"

"厌倦么……"

"是的。"

"也许真是这样吧。我从隐岐殿那里听说了,你在京都、海道已经让关东一方吃了不少苦头。应该说属于你的战争,在你入城的那一刻,就已经结束了吧。"

没有酒量的又兵卫,露出了仿佛连茶也把他给喝醉了一般的表情:"再来一杯,怎样?"

"足够了。"

"我啊……"又兵卫拍着下巴的右边说,"有牙痛的毛病。听说喝茶能治牙痛啊,就再来一杯吧。"

"要真那么痛的话,治疗一下不是更好?"

"哦?难不成忍者还会治疗牙齿?"

"略懂。"

"成吧。方才我在军议上才提出了御敌的秘策。只要计划能够顺利实行,回城之后我就去找你给我治治。要是没成功的话估计就没命了。那个世界,应该没有牙痛了吧。"

"别急着去送死。"

"怎么可能。你也是,能活多久就得好好地活多久呀。"又兵卫缓缓起身。西风吹起,眼下赤座阵营中随风招展的旗海,正向着天空发出鸣响。

那夜,才藏突然兴起,潜进了隐岐殿的寓所,坐到她的枕边,将嘴唇凑到隐岐殿小巧的耳垂边上轻声道:"我得到后藤大人的传言了。找我,何事?"

"啊!"

才藏捂住她的嘴:"别出声。你的侍女可就睡在旁边房间里。"

隐岐殿握住才藏的手,确认道:"当真是才藏大人?"

"那是。"

"刚才,我梦到才藏大人了。现在,就像是梦的延续一样。"

"有事还不快说。"

"其实没什么事儿。只是,我想你了。"

"是么。那几日之后我会再来。到时候,就是我们的战争打响之时。我将会如修罗一般冲入敌军的人海之中。在那之前，你必须好好地留在这里。"

才藏正欲起身离开。

"不行！"隐岐殿一改往日的语气，高声叫住了他，"别走。留在这里，你必须留在这里给我慰藉。才藏大人，你让一个女子说出这样的话，真是坏人。"

"我就是坏人。"

"你会下地狱的。"

"啊，下就下。"

这座城已经失去了光鲜。所有的话题，自然开始围绕着死这个主题。

"我倒巴不得下地狱。到时候去找找狱卒的茬儿，大闹一场也不失为一件乐事。"

"要是才藏大人去了地狱，我也会跟去的。"

"打住，别说这种丧气话。"才藏用他与生俱来的明朗声调对隐岐殿说道，"这座城会被灭。本该沦陷的大坂城终究会落城。弱肉强食，是大自然的规律。当年太阁也是除掉了自己主人信长的子弟，才夺得了天下。如今家康要灭掉太阁的遗孤，不过是太阁生前作为的重演罢了。要是反过来，大坂获胜，灭亡的是德川家的话，又会怎样？"

"……"

"天下会陷入一片黑暗之中。那个脸上涂满厚厚妆粉的老妇就会跟愚昧的右大臣手牵手地君临天下。在那样的背景下,似你兄长那般头脑不灵光的人身处政要,手持大权。丰臣家气数已尽。它的灭亡是对这个世界最后的贡献。诸侯们并不傻,只要他们明白这点,就不会有人再愿意对旧主伸出援手的。"

"才藏大人你的话里有反意……"

"这算是反意么?要知道我为了这个与我本无缘的丰臣家付出了多少。只不过,我自己其实也觉得挺有意思的就是了。"

"行了。别再提家中之事!"

"这些话听在你耳里不好受吧。"

"是的……"

外面似乎下起了雨。雨点拍打在风门上的声音渐渐密集起来,才藏与隐岐殿突然默契地选择了沉默,静静地听着雨声。

后藤又兵卫提出了能一转大坂城颓势的必胜作战方案,并在军议上得到采纳。即先由真田幸村、长曾我部盛亲、木村重成等人将东军引至四天王寺周边进行决战,却未得又兵卫的首肯。

"四天王寺一带，地势过于开阔。"虽然又兵卫也赞成真田幸村的意见，认为应该弃掉等同裸城的大坂城，将决战战场移到野外去，但他同样认为四天王寺附近的平原地带作为战场并不合适。

"家康可是野战的行家。加之东军兵力比我方更为精锐。若是进行平原战，那就正中家康的下怀，一切都会被他牵着鼻子走。"

"你说的有道理，不过……"大野修理治长插嘴道，"咱们城池的附近可没有山地呀。又兵卫大人你如此不屑平原，难不成事到如今还打算在摄河泉修几座山出来么？"

"你……"又兵卫强忍怒气。修理这人并不能算恶人，不过身为秀赖侧近，拥有权势，因而措辞言行实在是让人火大。又兵卫白了修理一眼，"谁在说要筑山了？"

"我不过是打个比方罢了。"

"如此场合用不着你来打什么比方！"又兵卫说完就把脸别开了。

幸村见状赶紧上前打圆场："后藤大人。如今心中有什么愤慨，都将它雪藏到取得胜利那一天如何？现在咱们的敌人是家康。请你继续介绍你的战略吧。"

明石扫部全登和长曾我部宫内少辅盛亲也连忙附和："后藤大人，我们还想继续听下去呀。"

听到这些,又兵卫的情绪总算缓和些许,继续说道:"正如修理大人所言,摄河泉平野上没有山地。但河泉、大和境内则有生驹、信贵、葛城、金刚山的延绵山脉。从敌人的主力构成来看,他们应该从大和方向攻来。至少我是这么看的。"

"合情合理。"幸村点头赞成。

"只要我们在大和国境之内集中兵力等候敌人到来,然后再采取连续击破的战术。敌军必然会往奈良、郡山方向撤退,如此若是敌军意欲再次发起攻势,估计也要花上好几天。到时候,我们再根据当时情况定下应变之策如何?"

不得不说这是一个宏伟的作战计划。

大和与河内之间的山脉中,包括小道在内,约有十七条可翻越的山路。然而其中能够供大部队人马通过的,只有北面暗岭、龟之濑越以及关屋越三条大道。龟之濑与关屋越这条路又会在河内的国分地区汇流。在又兵卫看来,国分的地势成口袋形状,易守难攻,只要将主力部队安置在此,必定能够战胜来敌。

"有意思。"其余诸将纷纷表示赞同。

后藤又兵卫基次的方案被采纳后,大坂方终于开始向大和口方向出击,而各位将士的部署也定了下来。

前锋队由后藤基次、薄田兼相、井上定利、山川贤信、北川宣胜、山本公雄、槙岛重利、明石全登带领,共计六千四百人。

护卫队由真田幸村、毛利胜永、福岛正守(东军福岛正则之弟)、渡边纠、小仓行春、大谷吉胤、长冈兴秋、宫田时定率领,共计一万二千人。

城内因为各种出击的准备乱成一团,就在这个关头,却发生了一件意料之外的变故。后藤又兵卫不知为何而大怒,带着自己手下的两千人,不等后续部队跟上,便在五月一日夜里悄悄地孤军出城而去。

这一来,饶是淀殿和秀赖也慌了阵脚,立即下令召集其余诸将至本丸。

真田幸村带着数名近习离开真田丸时,对跪在一边的才藏说:"听说前几日你与后藤大人在本丸下的台阶上饮过茶?"

"是。"

"他那时心情怎样?"

"后藤大人当时对在下说他是在刚献完秘策返回的路上,心情大好。我也听说后来他的计策被采纳,后藤大人缘何会突然悲愤心起,不等军令下达自己就先出发了呢?"

"那的确是他的风格啊。"幸村苦笑。

"也就是说，后藤大人的愤怒，果然是因为修理大人插手么……"

"哦？你也知道了？"

"如今城中恐怕是无人不晓吧。"

从士卒们之间流传的议论来看，整件事问题就在大野修理身上。据说他在向秀赖报告军情的时候，将又兵卫煞费苦心想到的良策揽到了自己的头上。又兵卫从秀赖的近习那里得知此事后义愤填膺，仰天道："如此生死存亡之秋，心中却只有如何抢夺他人成果之事，简直无可救药。若是要以那般人物为大将，我情愿早一步遇敌战死沙场。"

对于年过五十的又兵卫来说，一心想的是将这场大坂攻防战作为自己武将生涯的最后舞台。为了让功名能流芳后世，自然少不了明确的事情经过。然而丰臣家谱代大野治长，却连这个浪人部将倾注悲壮的功绩都不放过。

"事到如今，只有一死！"怨不得又兵卫会如此怒气冲冲地带兵孤军出阵。

幸村赶到军议场所时，秀赖顶着一张惨白僵硬的脸命令道："真田卿，即刻出兵后援！"

然而幸村身为后卫队指挥，当时部队根本没做好万全的准备。无奈之下，他只得接收了原本应该由又兵卫指挥的前锋队诸将的队伍。

另一方面,东军诸队从大和宿营地出发,五月五日这天,三万大军果然如又兵卫推测的那样,出现在了河内国分越的附近。

这一天,又兵卫的部队已经抵达大坂南郊平野乡一带,而幸村的部队还在后方的天王寺附近集阵。

才藏再次作为幸村的使者出发,依旧如往常一般只骑着一匹马,身着平装,并未佩戴头盔与具足。幸村见他这身打扮,出声招呼他:"这可防不了流弹。"

才藏听到后,只是无畏地一笑:"无妨。这样子,一旦有什么危险反而跑得更利索些。"

这一日黄昏前,幸村与毛利丰前守胜永一同进入了位于平野乡的又兵卫幕营,准备为第二天的决战做最后的商讨。

之后,幸村、又兵卫、胜永三人饮下诀别酒,并彼此表示:"明日长驱直行,冲入家康、秀忠本阵。若不能取下他二人项上人头,就只有葬身于荒野!两者只取其一!"

当时又兵卫挥泪向二将讲述了一件往事。

"城中曾有人散布过在下被策反的风言风语。"

这件事其实幸村与胜永也早有耳闻。就在之前的冬之阵结束后,家康得知谋将本多正信在相国寺有位叫做扬西堂的旧识,此人与又兵卫有些交情,便让那僧人找到又兵卫,劝他归降："只要你愿意离开大坂城，就赐予你播磨一国五十万石如何？"又兵卫见身为敌将的家康竟如此器重自己，不禁感激涕零。

"不过，"他最终还是拒绝了，"若是立场颠倒，如日中天的是大坂，而危在旦夕的是关东，我又兵卫必将责无旁贷地接受。但如今的情势下，我若是抛下风中残烛的丰臣家倒戈至德川，那么世人必会评价我后藤又兵卫不过是个利欲熏心的小人。这件事，就当做你没提过吧。"

这之后，事情的经过却以各种不同的形式在城中流传，终于招致了大野治长等人的怀疑。

其实不只又兵卫，家康对当时守城的诸将都做了相应的工作，其中也包括幸村。不过幸村自然与又兵卫一样拒绝了劝降，当然，结果也同样招来了治长的怀疑。

"如此……"又兵卫对幸村及胜永说道，"明日便尽毕生之力而战，一死方休！"

当夜零点，又兵卫率二千八百兵士从平野乡出发。数百松明沿大和街道一路南下，拂晓时分就抵达了藤井寺村。

藤井寺村前方不远就是道明寺村，原本按计划，又兵卫的军队将在黎明前与幸村、胜永带领的一万多人的守卫部队在此会合。然而天公不作美，由于夜里的浓雾，后继部队行军受阻。当前方已经出现零散敌军时，道明寺村的己方军队却只有后藤部队。

（继续等，还是冲上去？）又兵卫只犹豫了片刻，便领兵进军。

又兵卫带兵占领了能够俯瞰大和街道的小松山。

"接下来该怎样收拾这些敌人呢。"他坐在松墩之上，盯着脚下涌动的人马。最后他选择将兵力划分为数队，利用进退自如的机动力，倒是给了蜂拥而至的敌人不少颜色。

他首先让一队人击溃了东军先锋松仓重政队伍，然后趁热打铁地追发一队急行军，一面掩护铁炮队，一面与敌军本队的水野日向守大军展开激战。不久，发现胜成手下的先遣队陷入混乱，又兵卫见机下达"给我上"的指令，又加派了一支预备队。

又兵卫军在短时间内可以说是取得了压倒性的胜利。但这种一边倒的局面却并未持续多久。由伊达政宗率领的东军大部队现身国分丘陵，作为中继的本多忠政大军及后卫部队的松平忠明军也相继赶到。一时间两万三千余人的大军齐集，而后藤部队却只有仅仅两千八百人。

一片混战后。又兵卫本人终于上马，带上左右不过三四十骑人马一路朝山麓地带冲锋。正在他身下马蹄如飞般越草而过时，一颗来自伊达队中的弹丸贯穿了他的胸口。

从马上坠下后，又兵卫一息尚存。家臣金马平右卫门见状立即下马准备扶起他，却被他制止。

"罢了。"又兵卫摆摆手，咳出几口血和堵住咽喉的痰，总算回过一口气后，缓缓地吐出一句，"把我的头砍下来，绝不能让敌人给拿去。"

平右卫门茫然不知所措。在被又兵卫怒喝数声后，他才不情不愿地绕到又兵卫身后，砍下其首级埋在路边田地里，又转身投入乱战之中。

那一日，在知晓又兵卫战死的消息后，许多人久久不愿离去。如此情形发生在并非主从关系的他们之间，也成就了一段佳话。这也许就是又兵卫深得将士人心的最好证据吧。在这一战中，作后藤队后援的薄田隼人正兼相、井上定利也相继战死。

因浓雾耽搁行程的幸村部队抵达藤井寺时，已是激战结束后的早上十一点左右。

幸村部队首先收容了败退下来的残兵，在应神帝陵旁的土堤上布阵，将追击而来的东军击破，一路退出七八町的距离。途中城内快马加鞭派来使者，带来了若江、八尾方面并进中的己方军队败退的消息。

"此方面敌军正以锐不可当之势攻向城下，速速回军！"在治长的军令之下，众人不得不再次起兵回撤。

待到部队撤回城内,猿飞佐助找到才藏,对他说:"看来这一战大局已定。"

才藏露出一脸落寞的苦笑:"这位右府大人(秀赖),看来真是时运不济呀。今日一战,要是没有那场浓雾,只要真田部队急行军与后藤部队顺利会合,必能齐心合力将敌人撵出国分岭。摊上一个在运、才、勇三件大事儿上都不具备的大将,这城要是不被攻陷,反而才是怪事了。"

"我说才藏,你要不要跟我一起去茶臼山的阵营?"茶臼山之阵,也就是幸村进行野战的阵地。

在道明寺、八尾、若江一败涂地的大坂方,采纳了幸村的方案,将明日的主战场设在了天王寺附近。主将幸村布阵茶臼山;其嫡子真田大助幸纲、大谷吉胤、渡边纠、伊木远雄、福岛正守等人被安排在茶臼山南面;毛利胜永负责固守四天王寺南门,吉田好是等丰臣家谱代的十二部将位其左右;江原高次等七将镇守四天王寺与一心寺之间,而已经失去主将的后藤又兵卫、薄田隼人正、木村重成等部队的残兵则被安置在了位于后方阵地的四天王寺毗沙门附近。

"明日应该会是关原之战以来的又一场大战吧。不过忍者是不参战的。要是万一死在战场上,那可会成为伊贺故乡众人的笑柄。"才藏厚着脸皮笑道。

"你怕了吧?"

"怕什么。只是一想到之后的工作，心里有些紧张罢了。"

"之后的工作？"

"把隐岐殿从城里弄出来。"

听到这里，佐助的神情立马缓和下来："你愿意接下这个工作？她毕竟在京都时曾是我的主人，我正琢磨着如有万一怎么也得让她逃出生天呢。要是你愿意帮我这个忙，我可以再借三个甲贺的人给你。"

"若已落城，又哪里还需要那么多人手？我还嫌自己都碍事儿呢。总之，我是不会去天王寺的。再说就算我去了，也不能扭转什么战局。明天东军的主力就会进攻天王寺了吧。要是天王寺失守，接下来就是大举攻城。要想救隐岐殿出城，就只有趁这唯一的一点时间。话说……"才藏看向佐助，"你该不会是准备战死吧？"

"才不会。"佐助自信满满地回应，"忍者哪能战死。不过一旦天王寺失守，我总得想办法救出大人和少主吧。所以才得去茶臼山本阵候着啊。"

"成吧。这样一来，恐怕你我今生一别再难相见了。今后彼此都要好好活下去呀。"

"现在想想，也给你添了不少麻烦。让你接下那么一桩大任务，谁想丰臣家竟是那般狼狈模样，倒真得给你赔不是了。"

"罢了。德川获胜,丰臣灭亡是天意所致。也多亏亲眼到这城中看了一遭,才算明白了。腐朽不堪的丰臣家,要真的再次得了天下,还不知会施行如何愚昧的政道。该亡的,就让它随风而亡。能有这点体会,也算是个有意义的收获吧。"

"那我这就动身去天王寺了。"

佐助说完这句话,起身离开。

五月七日拂晓。东军从南、北、西三面开始攻城。大军如乌云般压向大坂。依照当时担任守军的《日本基督教史》(《日本切支丹宗门史》)作者雷恩·帕金斯的记录来看,东军在这场攻城战中,动用了三十万大军。即使其中略有夸大,想来实际人数应该不会低于二十万。而与此相对的守城方军队,却不过十二万。

大战前夜,幸村曾劝说过到访茶臼山阵营的大野修理治长:"明日一战,将决定右府大人之天命。在下一行必将誓死赴战,只望右府大人能够亲自出城,扬旗于阵头,如此己方必将士气百倍!"

这一回,治长也表示谅察此举,并保证自己将即刻回城将幸村的意愿传达。

然而等到第二天早上,秀赖的身影却并未出现在阵头。

"右府大人还未到吗?"幸村看着步步逼近茶臼山下的敌方大军,几度喃喃自语。如今他心中所望的也只有这件事了。

到底还是按捺不住,幸村叫来了自己的嫡子大助幸纲,吩咐他:"立即返城,恳求大人即刻出马。"

大助却无法接受大战当前,自己却要退向后方的现实:"即便是父亲的指示,也恕难从命。就算是下地狱,儿子也要与父亲并驾而驱!"

幸村想方设法,只为劝说这个年仅十六岁的大助:"这一仗,丰臣家的马印现身与否是胜负的关键所在。若是右府大人不出面,那么不仅是我,战死的后藤大人等人的辛苦都将付诸流水呀。"

据说后来大助是哭着策马奔向城内的。

之后,东军先锋本多忠朝队开始频频用火炮挑衅,而幸村一心等待秀赖抵阵,遂命令全军按兵不动。可时间是残酷的,等到太阳就快蹿上头顶的时候,仍是不见秀赖的踪影。

举目望去,蜂拥而至的敌军指物中,一杆高于旁人的马印赫然立于军阵之中。年过七十的老人方可远从东国而来,亲临兵阵,不过二十三岁的秀赖,却连走出城外半里前线的勇气也没有。幸村不禁扼腕。之所以会变成如此局面,据说是秀赖的生母淀殿担心其受伤，阻止了出阵。在淀殿看来，战争什么的根本就只是浪人的事。

幸村原本仍心存侥幸，然而战场不待人。东军本多忠朝队与西军毛利胜永的射击战，拉断了全面战的紧弦，一时间兵戈声起，天地晦暗。

秀赖到最后依旧没有现身，大坂方一败涂地。幸村奋勇杀敌，终于战死。时年四十九岁。

真田大助幸纲在回到本丸的樱门前时，看到秀赖麾下的旗奉行们已经准备好旌旗聚集在了门内。

"右府大人何在？"大助连忙上前讯问，得到的回答却是"还未出来"。看那样子，秀赖倒应该是一早便下定了出马的决心的。只是听说正要出发时有人在城内放火并出现了城中有内应的流言，这才不得不耽搁下来。

不久，幸村战死的噩耗传回。几乎同时，天王寺、冈山方面也传来了败战的消息。随着败兵回撤，城内一时间乱作一团。

正在这时，本丸伙房附近火起。不凑巧刮起的强风又为火势增添了几分劲头。这场火听说是曾作为东军内应的伙夫长大隅某所放。

东军部队见城内失火，纷纷争前恐后涌入城中。他们翻越已经无人值守的三之丸南部的木栅栏，长驱直入。又在包括大野治长宅院在内的建筑物内放火,城内顿时黑烟冲天。

(看来离落城不远了。)

才藏沿着樱门前通向二之丸的大道,独自向北走着。当他抬头看向西边的城垒时,发现太阳已经开始沉向石垒背后。这应该就是丰臣家迎来的最后一次落日了吧。

仓皇逃窜中的男男女女,不断从才藏左右擦身而去。倒是没见到有端着长枪的武士。这座大坂城内,除了士卒,还住着万名女子及两万多杂役。他们此刻的哀鸣声,让城内的混乱更加真切起来。

才藏走在这些人中,也是一副杂役的打扮。他把刀用草席卷起,扛在肩上,将破烂的衣服随意裹在腰间,再用绳子当衣带系紧,露在外面的小腿上绑着脚绊。

(看来还有些时间。)他所指的是与隐岐殿约好的时间。就在前一天,才藏向佐助借来一名甲贺忍者,让他悄悄潜入隐岐殿身边,告诉她会面的时间与地点。

……明神之榎,暮六之时(下午六点)。明神之榎是京桥口旁边的一棵老树,在城内只要说起它,当是人人知晓的。

才藏之所以会选择京桥口附近,因为那里有城郭北部唯一一道通向外界的门。幸得东军主力从前一夜起便悉数被引到了城南的天王寺方面,北面的敌军少了许多。

要想顺利逃出城，就只有从京桥口渡过天满川，然后藏身于河对岸片原町的芦苇之中……剩下的，就要看两人的命了。

谁想当才藏快要走到京桥口时，却发现此刻城内竟然仍有完整的部队，并且在将校的率领下不断进行射击。那是长曾我部盛亲和他手下的五千兵士。

（这下麻烦了。）

只要尚有人在抵抗，城门就不会轻易打开。就在这时，才藏身后的城橹燃尽坠落，火星溅到了他的肩上。一个女子的身影，随着四起的浓烟扑了出来。

"隐岐殿？"听到才藏的呼喊声，光脚的隐岐殿立刻点了点头。她的脸颊已经被黑色的煤烟包裹，只剩下那双细长的眼睛还闪烁着光芒。说来也是奇怪，看着眼前的隐岐殿，才藏从没有像这时这般心生爱怜过。

榎树旁的石垣上是明神的祠堂。才藏将隐岐殿拉到一旁的阴暗处，拍了拍她的肩膀，忽地抽出了一把双刃的匕首。

"闭上眼睛！"话音未落，他抓起隐岐殿的头发，手起刀落削下了一尺黑发。然后再用茶染色的长布巾把她的头包了起来。

"你这身小袖也不成，快换上这个。"说着又将一套脏兮兮的杂役和服交给了隐岐殿,"从城出去六里,在北河内有一个叫杉的山村,那里有我旧识的家。到了那儿我再向他们借旅行装,让你恢复女子打扮。在这之前就忍耐一下吧。接下来,我们必须连夜赶路去那个叫杉的山村。"

"是……不过……"隐岐殿转身看向已经被火舌吞没的本丸。在她心中,对于舍下秀赖以及淀殿等人,自己独逃出城一事,仍是心存踌躇。

"别看了!紧要关头无用的怜悯是大忌!"才藏这一句说得坚决。隐岐殿听到才藏的声音,像是回过神来一般望着眼前的男人,问:"才藏大人,今后,你会对我好么?"

"……"

"我并非想要你对我山盟海誓。只是至今为止的我,为了这座城,过的都不似通常女子的生活。而今天开始,我就要为自己而活了。但若那岁月中,没有才藏大人的呵护,那么我就算活着又有何意义?如果,你的回答是不……我只有再次回到那火焰之中。"

听着几近威胁的言论,才藏也只得苦笑:"那就如你所愿。"

"当真?"

"御津……"这是才藏第一次呼唤隐岐殿的本名,"都说要纵身投火了,除了好好待你我还能怎样?"

"一辈子？"

正在这时，京桥口的枪声戛然而止，与此同时城门呈八字敞开，城内的兵马一举蜂拥而出。原本最后坚守着组织作战的长曾我部部队也瓦解阵势，开始各自退城了。

才藏看准时机，一脚撬开一个骑马从旁经过的武者的脚，将他撂下马后自己翻身坐了上去。

"别怪我。"他朝翻滚在地的武者笑了笑，像是强行拐走一般将隐岐殿捞上马，如风一样向着城外而去。

从京桥口出去后，才藏在京都街道的小道上一路策马扬沙，当他们到了守口村一带时，发现前方地藏堂的阴暗处，似乎埋伏着几个拿着长枪的土民。

（这么快就出现了。）不用说，这些人的目标自然是战争的产物——落武者。一些近郊的地痞会将他们捕捉到的落武者残忍杀害，抢夺他们的刀枪具足。若发现对方有些名声，还会将其头颅呈献给胜利方以获得褒赏。

才藏一把戳破背后的草席卷，将手搭在了刀柄上，然后对把脸紧紧埋在他胸前的隐岐殿说："不论发生什么，都不要放手！"话音一落，他们就连人带马朝着前方的人影冲去。

当土民们慌慌张张拿起长枪时。

"……"才藏的马无声无息地从他们头上飞了过去。马的后蹄之处,迸出一团血雾,紧接着是一具头破血流的尸体,夹杂着沙尘滚落在了地上。当一行人回过神来的时候,才藏的马已经朝着薄暮中的街道扬长而去。在这些土寇眼里,他们仿佛才是经历了神出鬼没杀人魔的受害者吧。

到了庭洼村后,马累得无法上路。两人便从此往东上了旁道,然后徒步朝着山里前进。日头早已落下,饭盛山上,已经能看见一弯细细的新月。

身后的天空是红色的。那是大坂城落城的大火。火势愈旺,连城上方的云彩也被染上了妖异的颜色。

"右府殿不知现在境况如何……"

"死了吧。"才藏的声音不带任何情绪。

"那夫人呢?"

"肯定死了。"这一声也透着冷漠。

"兄长(大野修理)呢?"

"恐怕也死了吧。后藤又兵卫大人、真田幸村大人,还有那些成千上万的士卒,不都为了个毫无守护价值的丰臣家送了命么。每一个人都死得轰轰烈烈,就算到了冥土,他们应该也不会后悔。毕竟作为男人的一生能以如此壮大的一战落下帷幕,当真有幸。"

"才藏大人呢,这之后你准备怎么办?"

"我?"才藏沉默了。就算他想回答,脑子里却没有答案。

这时候他发现隐岐殿因为路上无光,已经踢到了好几次石头。他用手一探,发现隐岐殿的脚趾早已渗出了血。

"我背你吧。"

隐岐殿雀跃地将身体靠了上去。

才藏背着隐岐殿一路走到北河内山中的杉之村时,天已经快蒙蒙亮了。

他刚一敲响被称为"杉之长者"的钱屋与兵卫家的后门,仿佛是在等着他的到来一般,里面的人立马就敲开了门。

这一家百年来与伊贺的才藏家因缘匪浅。才藏的祖父及父亲,在京都或者西国一带执行任务的时候,都会将这里作为落脚点。冬之阵结束后,才藏就为以防万一,遣使者造访过这家。与兵卫也听闻了大坂落城一事,估摸着差不多就是这天,才藏就应该到了。

因为那一带对落武者的追查尤其森严,在"杉之长者"家一洗疲惫后,才藏与隐岐殿半夜才上路。

两人沿着山间小道一路向北。隐岐殿头戴市女笠,已经恢复了女装打扮。而才藏则扮成了一个"落叶法师"。上身着便装,下身未穿袴,头戴浅笠,腰间插着尺八。也就是后来世间常说的"虚无僧"。

"接下来要去哪儿?"

京都实在是太过冒险。才藏选择先去宇治,再返回山中,然后沿着尾根的道路北上。路旁的杉树林渐渐茂密起来,懒懒地照在青苔上的日光,预示着初秋的到来。

两人到达洛北八濑之里时,已是当日的傍晚。

"这里不是八濑么?"隐岐殿惊讶道。

"没错啊。"

日落后,山谷间流过的高野川的潺潺水声愈加清晰明朗。

"我琢磨着先在与你相遇的这个村落静养一段时间,再慢慢去考虑今后的事。"

才藏要了一间面向溪流的茶屋。八濑之里,自上古以来便流传着奇妙的入浴风俗。在这并无温泉的山中,从平安朝起,京中的公卿、门迹们便时常为疗养而在此逗留。为的,就是这里俗称的釜风吕。

沐浴后,才藏喝着丝毫不清亮的八濑浊酒,感叹:"这都快一年半了呀。"

"你指的是?"

"从与你在这村中初次相遇的那一天算起的话……"才藏的眼神中,少有地带着些酒气。"那时候,你对我而言就是一名谜一般的女性。只是觉得你肌肤上的香气万中无一，定是这世间不该存在的一个瑞兆。就为了这个，我开始打听你的底细，哪知道却被卷入了大坂之战。虽然我也倾尽自己的生死投身那场动乱之中，但一切都在落城的那一刻结束，最后留在我手中的，就只有一个你……"

"瞧你……"隐岐殿莞尔道，"这说法我可不喜欢。像我是个大麻烦似的。"

"这可不是我在闹别扭。你想想，我与丰臣家无缘无分。可这一年半以来，却像是被什么附身了一样，为他们拼了命在工作啊。到底为了什么？不过现在，看着在八濑的你，我算是释怀了。敢情之前我所做的一切，都不过是为了得到你啊。"

"……"

"以丰臣家的灭亡为前提才能得偿所愿的爱情，代价未免太高。你我都不能不懂得珍惜呀。"才藏拉过隐岐殿的手躺了下去。他闭着眼睛，轻声嘟囔着。

才藏那一脸明朗的神情像是在思考着什么。看样子，大概就是该如何过日子的事了。

山谷间穿过的风突然转变了方向，潺潺的溪流声愈见增大，仿佛就在他耳边。

"要不，就去当个商人吧。"

此刻的才藏，怎么看都是一副为自己今后的命运乐在其中的表情。

注释：

【1】长局：宫中或江户大奥里，一栋长形建筑中有数间供女官们居住的地方。

【2】野点：茶道用语。在郊外点茶之意。

（全文完）

译后记

我似乎看了一本武侠小说——不知道这样的感想，由身为译者的人说出来，会不会稍显欠妥。

司马先生是日本时代小说界的领头人物之一。或许是因为兴趣偏好，此前看得不多，这该是我初次真正接触他的作品原文。大概源于大众对司马先生的常规印象，对他的作品，我总感到仰之弥高。

然而当我拿到《风神之门》后，立刻惊觉自己犯了先入为主的毛病。本书虽带着强烈的司马风格，但又略不同于他后期以维新时代为题材的代表作。主角雾隐才藏，是一个并无太多史实记载的传奇人物。而书中那些为时代小说爱好者所熟知的历史事件，也因为作品的视角以身为忍者的主角为主的缘故，显现出了全新一面。

本书是司马先生早期传奇忍者作品的最后一部长篇小说，同时也是当时文坛忍者风潮的后期作品，整个基调与他最早获得直木奖的忍者小说《枭之城》略有差别。虽然由于本书最初在报纸上连载，因而在完成度上不及前者，但对人物形象和人心的描写则更胜一筹。且《枭》中随处可见的"插一句题外话"、"顺便说一句"的司马风格唠嗑的踪影淡了不少，倒是让人更容易全神贯注地集中在人物和故事本身之上。

正如我在开头所感叹的那般，本书就像是那些我们曾在学生时代读过，至今仍如数家珍一般的武侠小说。风流倜傥、特立独行却又极具人格魅力的主角；主角身边永远不乏各种能人异士围绕；被卷入数位女子的情感漩涡之间，洒脱与无奈混杂，最终成就的姻缘；各种天马行空的术法武功……无一不带着熟悉的味道。

本书在喜欢传统时代故事之人眼中，也许会稍稍显得不够正统。然而司马先生的作品，本身就充斥着不少野史甚至是并非史实的桥段，若能放开成见，便能从中发现乐趣。本书娱乐性颇高，而需要的历史知识并不太深，非常适合一些刚刚接触时代小说的读者。

当然，说到语言特点，不得不承认这种简单却不苍白的风格，反而让我在翻译的过程中倍感压力，时常为之叹服。如果书中的一些描写让读者感到力度不足，那必是我能力不足以驾驭司马先生的文风所致了。

全文印象最深的几个段落除了才藏与幸村的相遇，才藏与疯魔光怪陆离的对决，充满毁灭美学的大阪陷落以及留下无限想象空间的结尾外，最初的心动，还要数才藏与佐助在浮船上的对话了。那是我第一次知道甲贺伊贺忍者集团的根本区别，而那一番辩论无疑又为后期高潮部分两方联手行动做了铺垫。一定要问我更喜欢哪一方的话，虽然甲贺的大义与忠心让人感服，但伊贺人的无拘无束更使人向往。司马先生似乎借着对忍者集团的评价，又给了大家所熟悉的武士道狠狠一巴掌。

《风神之门》成书的年代较早，几乎是将连载的篇章直接整理成文，并未通篇进行调整。书中各个段落间可见承上与启下的痕迹，且因连载时间较长，多少出现一些前后描写略有出入或后期欠缺交代之处。如果时光倒流，我十分想问司马先生一个问题——"青子最后得到幸福了吗？"也许是觉得没必要再写，也可能是真的写到最后就忘了还有这位姑娘的存在。虽然小若也是再未出现过，但不知为何，青子却更让同样作为读者的译者难以放下。也许，算是我一点小小的私心吧。

这是我第一次翻译司马先生的著作，我由衷地希望各位能够在阅读此书之中得到放松。也愿自己的文字，能够尽可能地接近、还原司马先生的这部作品。

最后我要感谢出版社与众位编辑们在翻译过程中的关怀与包容。厚厚的修改稿，细致的批改让我受益匪浅。各位的支持是我前进的牵引力，也是鞭策我成长的动力，让我能一路走来，并一直走下去。

周晓晴

2015年冬